AF220815

Kurzgeschichten über den Homo sapiens
in seinem natürlichen Lebensraum

ANTJE LANGBEHN

Kurzgeschichten
über den Homo sapiens
in seinem natürlichen Lebensraum

Eine Hommage an die Menschen und ihre Andersartigkeit

FSC
www.fsc.org
MIX
Papier aus ver-
antwortungsvollen
Quellen
Paper from
responsible sources
FSC® C105338

Bibliografische Information der Deutschen Nationalbibliothek
Die Deutsche Nationalbibliothek verzeichnet diese Publikation
in der Deutschen Nationalbibliografie; detaillierte bibliografische
Daten sind im Internet über http://dnb.d-nb.de abrufbar.

© 2020 Antje Langbehn

Umschlagabbildungen:
Designed by Freepik
Designed by macrovector / Freepik
Designed by upklyak / Freepik

Umschlagdesign, Satz, Herstellung und Verlag:
BoD – Books on Demand, Norderstedt

ISBN 978-3-7519-0936-5

Inhalt

Inselfieber

Meine Freundin Ute hatte mich eingeladen, mit ihrer Wandergruppe eine Radtour auf Sylt zu unternehmen.

Es war das erste Mal, dass ich mit Utes Wandergruppe unterwegs war, und ich kannte keinen von ihnen – außer Ute.

»Die Gruppe ist leicht zu erkennen«, hatte sie zu mir gesagt, »alle sind mit Wanderstiefeln und Rucksack ausgestattet.«

Wir wollten uns am Samstagmorgen um sechs Uhr am Altonaer Bahnhof treffen, um gemeinsam mit dem Zug nach Westerland zu fahren. Die Fahrräder wollten wir direkt auf der Insel leihen.

Frohen Mutes betrat ich den Bahnsteig und erkannte schnell, dass mir Utes Kurzbeschreibung nicht viel weiterhelfen würde. Die Bahn hatte für dieses Wochenende einen Sonderzug nach Sylt zum Sparpreis angeboten. Diese Gelegenheit nahmen noch viele andere Wanderer wahr, und so standen gefühlt tausend Menschen mit Rucksack am Gleis.

Suchend blickte ich über die Menschenmenge, als mich jemand mit einem Ruck in einen Waggon zog. Es war Ute, die mich zum Glück erspäht hatte.

Wir ergatterten einen der heißbegehrten Sitzplätze, da erklang die Lautsprecheransage am Bahngleis:

»Die Abfahrt des Regionalzuges DB8706 Conrad Röntgen wird sich um einige Minuten verzögern. Es werden zurzeit noch zusätzliche Wagen angehängt. Wir danken für Ihr Verständnis!«

Da hatte wohl jemand die Wanderlust der Norddeutschen unterschätzt! Ich dachte nur bei mir: Thank you for traveling with Deutsche Bahn!

Endlich setzte sich das rollende Ungetüm in Bewegung und wir ratterten erwartungsvoll der Nordseeinsel entgegen. Am Zielbahnhof Westerland wurde mir klar, warum sich die Inselprominenz darüber aufregt, dass die DB an den Wochenenden Tausende Touristen auf die Insel karrt. Vor lauter Menschen sah ich weder den Boden unter mir noch den Bahnsteig vor mir. Alles, was laufen konnte, war unterwegs. Was sich nicht aus eigener Kraft fortbewegen konnte, wurde im Rollstuhl geschoben oder auf einer Trage aus dem Zug gebracht.

Ute nahm mich an der Hand und sagte: »Damit wir uns nicht verlieren!« Eine gute Idee, denn ich hatte ihre Handynummer nicht.

Wir quetschten uns durch den Bahnsteig und pilgerten gemeinsam zum Fahrradverleih. Auch hier wartete schon eine lange Schlange. Unsere Räder waren vorbestellt, so brauchten wir uns nicht zu sorgen, eventuell leer auszugehen. Da der Mensch an sich, der Radwanderer wohl im Besonderen, sehr ungeduldig ist, kam es hier erneut zu Tumulten und kleineren Handgemengen. Nach kurzer Wartezeit erhielten wir endlich unsere Gefährte und verstauten alles Mitgebrachte in den Satteltaschen und Fahrradkörben. Wir stellten die Sattel auf die richtige Höhe, kontrollierten den Luftdruck und drückten den Start-Knopf unseres Tachos. Es sollte losgehen!

Ich spürte schon den Seewind in meinem Gesicht, da machten wir nach zwei Metern vor der Bahnhofshalle bereits wieder Stopp. Vier von uns wollten nach der langen Zugfahrt und vor dem bevorstehenden Radweg noch einmal rasch auf die Toilette. Zwei hatten sich spontan überlegt, auf der Insel zu bleiben, und versuchten ihr Glück bei einer Zimmervermietung. Die Organisatorin unseres Ausfluges wollte auf Nummer sicher gehen und prüfte noch einmal, wann der letzte Zug wieder Richtung Hamburg rollte. Der Rest nutzte diese erste Pause, um eine Kleinigkeit zu essen.

Als alle zurück waren, setzten wir uns endlich in Bewegung. Ich wusste, dass die Gruppe zum wiederholten Male mit dem Rad über die Insel rollte. So ging ich davon aus, dass meinen Mitstreitern die Route bekannt war. Aber weit gefehlt! Schon nach drei Metern kam der ganze Tross erneut zum Stehen, um noch einmal gemeinsam auf die Karte zu schauen und die Strecke festzulegen.

Dann ging es wirklich los. Endlich spürte ich den salzigen Geschmack der Seeluft auf den Lippen. Entspannt radelten wir an der Küste entlang und erfreuten uns am Anblick des Wattenmeers. Die Heide blühte bereits und die hellen Schreie der Möwen begleiteten unsere Fahrt. Hin und wieder hielten wir im Vorbeifahren mit anderen Radlern einen kleinen Plausch.

Nach gut zwei Stunden fragte die erste Teilnehmerin mit schmerzverzerrtem Gesicht: »Wann sind wir am Ziel?« Sie fügte hinzu, sie bräuchte in Kürze eine Pause, da sich bereits ein Hungergefühl bei ihr einstellte.

»Es dauert nicht mehr lange, dann machen wir ein Picknick!«, vertröstete sie die Organisatorin und wir fuhren weiter.

Nach einer weiteren Stunde fanden wir einen windgeschützten Platz und legten unsere erste Rast ein. Es wurden die mitgebrachten Stullen ausgepackt, die Thermosflasche geöffnet und warmer Kaffee oder Tee eingeschenkt. Ich hatte leider keine Nahrung mehr, da ich diese schon verzehrt hatte, nachdem wir am Bahnhof angekommen waren.

Wir hatten uns an einem Steilhang eingefunden. Bärbel erwies sich als sehr gute Geologin und erzählte uns nebenbei, wie sich während der drei bekannten Eiszeiten das Ufer errichtet hatte. Sie wusste sogar, wie die Sand- und Gesteinsarten heißen, aus dem es sich zusammensetzte.

Nach dieser kurzen Pause sollte es langsam zurückgehen und wir schwangen uns auf die Räder. Auf der Rückfahrt trennte sich jedoch die Spreu vom Weizen. Die Durchtrainierten fuhren stramm vorweg, der Rest musste sehen, wie er hinterherkam. Zwei hatten wir unterwegs verloren, weil Elvira Pipi musste und Henry die Zeit nutzte, um den Luftdruck seiner Reifen zu prüfen. Als beide fertig waren, stellten sie mit Erstaunen fest, dass die Gruppe außer Sichtweite war. Sie versuchten noch mit letzter Kraft, den in der

Ferne leuchtenden Jacken hinterherzuradeln, mussten letztendlich aber kapitulieren. Wir trafen sie später im Zug wieder und es stellte sich heraus, dass sie den falschen Jacken gefolgt waren!

Nachdem wir den Verlust von Elvira und Henry bemerkt hatten, kamen wir auf die Idee, doch unsere Handynummern auszutauschen. Der Gedanke war aber schnell wieder vom Winde verweht. Niemand wollte während des Radelns das Handy aus der Tasche ziehen und dadurch eventuell selbst vom Wege abkommen. Diese Entscheidung sollten wir später noch bereuen.

Unsere verbliebene Gruppe machte Rast in einem kleinen Café. Der Nachmittag war fast vorüber und die Kellnerin ging schon dazu über, die Stühle hochzustellen. Nicht sonderlich begeistert von unserer Truppe trat sie an unseren Tisch. Unverhohlen gab sie uns zu verstehen: »Die Küche schließt in wenigen Minuten!« Dies schreckte uns nicht ab und wir gaben unsere Bestellung auf.

Während die Kellnerin im Café unsere Getränke und Speisen zusammenstellte, fing es an zu regnen. Mit einem schwer beladenen Tablett erschien die Gute wieder in der Tür der Gaststätte und ihr ohnehin schon verdrießliches Gesicht wurde noch mürrischer.

Aus der Ferne rief sie uns zu: »Kommen Sie jetzt rein oder soll ich alles durch den Regen tragen?« Nun, sie wusste nicht, dass sie es hier mit hartgesottenen Außenspezialisten zu tun hatte, die sich von Wind und Wetter nicht die gute Laune verderben ließen.

Wir setzten uns an einen Nachbartisch mit Sonnenschirm und sie musste die ganze Ladung durch den Regen tragen. Ein Schelm, wer Böses dabei denkt!

Die Uhr zeigte uns an, dass es an der Zeit war, in Richtung Bahnhof zu fahren. Schließlich wollten wir heute auch wieder zurück.

Beim Fahrradverleih trennte sich die Gruppe erneut. Karl und Margret, die am Morgen keine Zimmer bekommen hatten, wollten es jetzt noch einmal versuchen. Guido und Ingrid gaben die Räder noch nicht ab, sie wollten noch einmal an die Promenade. Einige waren müde und wollten am Bahnsteig auf den Zug warten. Ich indes hatte mittlerweile großen Hunger, da ich bereits am Morgen meinen gesamten Proviant verzehrt hatte. So entschloss ich mich, doch noch eine warme Mahlzeit zu mir zu nehmen. Die Rückfahrt würde lang werden. Außer mir hatte niemand das Bedürfnis, Nahrung aufzunehmen. So ließ man mich allein und ich ging in ein Restaurant unweit des Bahnhofes.

Es war eine Wohltat, nach dem stundenlangen Fahrradfahren endlich einen bequemen Stuhl zu haben und in Gedanken noch einmal die Erlebnisse des Tages sacken zu lassen. Darüber vergaß ich die Zeit und erst die dröhnende Ansage des Bahnhofwärters schreckte mich auf: »Der Zug NBE RE 1753 nach Altona fährt in wenigen Minuten ab!«

Aus meinem Tagtraum gerissen, klang es in meinen Ohren nach: *Zug nach Altona ... Das ist doch meiner!* Rasch zahlte ich mein Essen, sprang aus dem Stuhl hoch und lief durch eine Menschentraube zum Bahnhofsgelände.

Der Zug stand noch da, aber der Bahnsteig war so gut wie leer. Schon knallten die schweren Metalltüren des Zuges und ein schriller Pfeifton erklang. Der Schaffner, bereits im Zug stehend, hielt eine rote Kelle hoch und signalisierte dem Lockführer: Alle Passagiere an Bord, auf geht's nach Hamburg! Die Maschine setzte sich in Bewegung und ich stand erstarrt davor. Passanten, die ihre Angehörigen zum Zug brachten und winkend am Gleisbett zurückgeblieben waren, erkannten wohl, was gerade in mir vorging. Der letzte Waggon, welcher für Fahrräder und sperriges Gepäck vorgesehen war, hatte seine Tore noch weit geöffnet. Ich hörte die Menschen schreien: »Spring rein!«

Sogleich erkannte ich meine Chance und nahm Anlauf. Mit einem beherzten Sprung schaffte ich es noch in den Gepäckwagen.

Nachdem ich mich von diesem Schreck erholt hatte, musste ich erneut meine Gruppe suchen. Denn alle, die am Morgen mit uns auf die Insel gekommen waren, fuhren am Abend ebenso wieder zurück. Ich quälte mich von Abteil zu Abteil, hinweg über Surfbretter, vorbei an schreienden Kindern, genervten Eltern und angetrunkenen Touristen. Es war schier aussichtslos, ein bekanntes Gesicht ausfindig zu machen. Dies war jetzt aber nicht mein einziges Problem. Ich hatte auch keine Fahrkarte. Da wir als Gruppe unterwegs waren, gab es nur eine Gruppenkarte – und ich hatte sie nicht. Aber was sollte mir jetzt noch passieren? Man würde mich wohl kaum auf offener Strecke aussetzen?

Es dauerte auch nicht lange und ich geriet in eine Fahrkartenkontrolle. Ich holte gerade tief Luft, um dem Zugbegleiter meine Situation zu erläutern, da fiel mir der Gute ins noch nicht ausgesprochene Wort und fragte nur knapp: »Name?« Verblüfft stotterte ich meinen Namen. »Gehen Sie in Wagen zwölf!«, lautete die knappe Anweisung. »Wagen zwölf?«, wiederholte ich. »Ja, Sie werden dort von Ihrer Gruppe erwartet!«, war die Antwort. Dann trat er zur Seite und ließ mich durch.

In Wagen zwölf angekommen, erblickte ich meine Freundin Ute. Vor Freude schossen mir fast die Tränen in die Augen. »Welch ein Glück!«, platzte es aus mir heraus.

Ute berichtete mir, sie hätte den Schaffner angewiesen, mich in diesen Zugteil zu schicken, wenn er mich träfe. Erkennungsmerkmale seien kein Ticket und ein verwirrter Gesichtsausdruck. Außerdem bekam er meinen Namen mit auf den Weg.

Ein deutliches Aufatmen meinerseits und ein leichtes Raunen aus der Gruppe – »Da ist sie ja!« – sollten diesen turbulenten Tag zum Ausklingen bringen.

Am Zielbahnhof angekommen, traten wir noch einmal zusammen, um uns zu verabschieden. Bärbel nahm mich an den Arm und sagte: »Als Nächstes machen wir eine Wanderung in Mecklenburg-Vorpommern mit Besichtigung des Pahlhuus und der Moorlandschaft. Wenn du Lust hast ...?!«

Bankgeschäfte

Ich hatte ein größeres Bargeldgeschäft ins Auge gefasst. Aus diesem Grund ging ich in die Bank meines Vertrauens, um die benötigte Summe abzuheben. Genau genommen handelte es sich um dreißigtausend Euro.

Ein bisschen mulmig war mir schon zumute, wenn ich daran dachte, gleich mit so viel Geld in der Tasche den Heimweg anzutreten. Um kein Aufsehen zu erregen, wollte ich die Kröten möglichst diskret anfordern. So schrieb ich die Summe auf einen kleinen Zettel und schob diesen der Bankkauffrau behutsam über den Tresen zu.

Ich nahm an, sie würde mein Anliegen verstehen und den Vorgang genauso diskret behandeln, wie ich ihr die Nachricht zukommen ließ. Doch darin sollte ich mich getäuscht haben.

»Gabriele!«, rief sie ihrer Kollegin auf der anderen Seite des Raumes zu. »Gabriele, haben wir noch dreißigtausend in bar im Keller?«

Mir stockte der Atem, Schweißperlen schossen mir auf die Stirn und mein Puls stieg in gefährliche Höhen. Waren das jetzt Ausläufer des bereits seit Monaten andauernden Klimakteriums? Oder war es der vergebliche Versuch meines Körpers, die aufsteigende Panik mittels eines kühlenden Schweißausbruches im Zaum zu halten? Ich konnte das eine vom anderen nicht unterscheiden.

Zur Salzsäule erstarrt stand ich da und konnte

mich weder bewegen noch etwas sagen. Meine Zunge verweigerte ihren Dienst. Sie hing wie festgeklebt in meinem Mund und ging weder vor noch zurück. In meinem Kopf hämmerte es wie ein Mantra immer wieder den gleichen Satz: *Das darf doch jetzt nicht wahr sein!*

»Also, ich habe hier noch achttausendfünfhundert in kleinen Scheinen«, rief Gabriele quer durch die Filiale.

»Du, lass mal«, antwortete die vor mir stehende Sachbearbeiterin laut, »ich glaube, ich kriege es doch zusammen. Ich habe hier zwölftausend und noch ein paar kleine Scheine!«

Sie wandte sich mir zu. »Wie hätten Sie es denn gerne? Lieber nur Fünfhunderter oder etwas kleiner? Ich kann Ihnen auch noch Zweihunderter und Fünfziger geben!«

Die Verzweiflung in meinen Augen schien sie nicht zu erkennen. *Lieber Zweihunderter?*, wiederholte ich im Geiste. *Es ist mir egal, geben Sie mir die Scheine und schreien Sie hier nicht so rum*, wollte ich erwidern, es kam aber kein Wort über meine Lippen.

Vorsichtig drehte ich mich um und suchte nach verdächtigen Personen, die sich eventuell schon in Reichweite postiert hatten. Es schien nicht so, als ob die Konversation zwischen Gabriele und ihrer Kollegin irgendeinen der anwesenden Kunden interessierte. Alle gingen unbekümmert ihren Bankgeschäften nach, holten sich ihre Kontoauszüge, zahlten Geld ein oder ließen sich beraten.

»So, jetzt haben wir alles zusammen«, sprach's und

riss mich in die Gegenwart zurück. Ich drehte mich zum Schalter und ein fünfzig Zentimeter hoher Geldstapel lag vor mir. »Ich habe jetzt noch ein paar kleine Scheine dazugetan. Ich zähle es Ihnen noch einmal vor.«

»Nein!«, entfuhr es mir, denn ich hatte meine Sprache wiedererlangt. »Sie sind ja die Bank, es wird schon stimmen!«

»Ach, es macht gar keine Arbeit und es soll ja alles seine Richtigkeit haben! Ich lege es gerade hier in unseren Zählautomaten, geht ganz schnell.« Ehe ich mich versah, ratterte die Maschine los.

»Schauen Sie, hier haben wir schon einmal sechstausenddreihundert.« Der nächste Schwung Scheine landete auf dem Gerät. Ratter, ratter, ratter und aus. Die Scheine hatten sich verschoben und brachten somit den Zählvorgang zum Stoppen.

»Wie viel hatten wir jetzt?«, fragte sie mich. Ich wollte gerade antworten, da meinte sie: »Ach, lassen Sie, wir machen es noch einmal von vorne, soll ja alles seine Richtigkeit haben.«

Mittlerweile war Gabriele bei uns eingetroffen und meinte: »Brauchst du noch?«

»Du, die Maschine hakt hier gerade, wir müssen es noch einmal von vorne machen. Kannst du das Geld zählen, ich lege es hier zusammen.«

»Haben Sie denn eine Tasche mit?«, wandte sich Gabriele jetzt an mich.

Eine Tasche?, dachte ich. »Nein, keine Tasche, ich habe nur meine Handtasche mit!«, antwortete ich.

»Kein Problem, dann lege ich alles in einen Briefumschlag.«

Einen Briefumschlag? Bitte, ich brauche Begleitschutz, eine schusssichere Weste, einen gepanzerten Wagen und wenn möglich einen Koffer mit Handschellen, um ihn an meinem Handgelenk zu befestigen. Ich brauche keinen Briefumschlag!

Während Gabriele versuchte, einen Stapel Geldscheine in einem A5-Umschlag, selbstklebend und ohne Fenster, zu verstauen, legte ihre Kollegin weitere Geldstapel auf den Tisch.

»Nein, hier kriege ich nicht alles rein«, sagte Gabriele zu mir und nahm die hineingepressten Geldnoten wieder aus dem Umschlag. »Haben Sie denn schon eine Geldtasche von uns bekommen?«

»Nein, keine Geldtasche«, stammelte ich.

»Warten Sie, ich hole Ihnen rasch eine, dann haben Sie auch gleich eine für das nächste Mal.«

Es wird kein nächstes Mal geben, wenn Sie hier weiter so rumschreien!

Gabriele kam mit einer schwarzen Geldtasche mit Sparkassenaufdruck zurück.

»So können Sie es auch besser transportieren.« Gabriele quetschte die Geldnoten hinein und schob mir mit einem fröhlichen Lächeln den Beutel über den Tresen.

»Ach«, entfuhr es ihr, als ich zögerlich nach dem Plastikbeutel griff, »bestellen Sie doch das nächste Mal vor!«

Das Handy

… und es begab sich zu der Zeit, als die Bürger der neuen Welt zahlreich dem Wahn verfielen, ein Handy haben zu müssen. Auch ich, getrieben von dem Verlangen, dieses neue Wunderwerk der Technik zu besitzen, suchte einen sogenannten »Point« auf, in dem es diese Geräte zu kaufen gab.

Das Fachpersonal ging davon aus, dass ich keine große Beratung benötigte. Anscheinend hielten sie mich für einen technisch versierten Kenner. Und wer brauchte heutzutage schon Hilfe beim Erwerb eines Telefongerätes?

Der freundliche Verkäufer verlangte gleich meinen Personalausweis, um das Geschäft vorbereiten zu können. »Alles ganz einfach, alles kein Problem«, sagte er, als er meine Daten in sein EDV-Gerät tippte.

Und tatsächlich, es dauerte nicht lange und ich verließ den »Point« mit einem nagelneuen Handy, der dazu passenden Ledertasche, meiner PIN, TAN, SUPER-PIN und natürlich meiner eigenen Telefonnummer!

Stolz trug ich das soeben erstandene Objekt der Begierde nach Hause, um es dort sofort in Betrieb zu nehmen. Denn ab jetzt sollte eine neue Zeit anbrechen, ich wollte für jeden überall und immer erreichbar sein. Dieser Gedanke ließ mein Herz sogleich höherschlagen. Was für ein Fortschritt!

Meine Frau war gerade dabei, das Mittagessen zuzubereiten. Sie war nicht sonderlich erbaut darüber, dass ich jetzt, so kurz vor dem Mahl, noch anfangen wollte, das neu erstandene Elektrogerät in Betrieb zu nehmen.

Ich versicherte ihr jedoch, dass es ganz schnell ginge, es sei ja alles recht einfach und bedienerfreundlich. Sie brauche sich keine Sorgen zu machen, noch bevor das Essen auf dem Tisch stehe, sei ich mit dem Programmieren und der Inbetriebnahme fertig!

Schnell packte ich alles aus. Der Verkäufer hatte freundlicherweise schon die CHIP-Karte eingelegt, sodass ich sofort nach Eingabe meiner PIN-Nummer loslegen konnte.

Zunächst tippte ich unsere Festnetznummer ein, um zu prüfen, ob das Gerät funktionierte. Und tatsächlich, das Telefon schellte und in mir meldete sich ein leichtes Hochgefühl.

Dann rief ich mich vom Festnetz auf dem neuen Mobilgerät an, um zu hören, wie es klingelte. Das Gerät in meiner Hand leuchtete auf und signalisierte mir mit einem hellen Klingelton volle Funktionsfähigkeit. Was für ein erhabenes Gefühl! Ein kleiner Schritt für die Welt – eine große Errungenschaft für mich. Nun war ich immer und in jeder Lebenslage erreichbar!

Moment! Wirklich immer? Ich hielt inne. *Was, wenn ich einmal das Klingeln nicht höre oder zu spät rangehe? Und wenn ich im Theater bin, muss ich das Handy sowieso ausschalten? Dann bin ich nicht mehr erreichbar!*

Schnell war das Rätsel gelöst: Für diesen Fall verfügte das kleine Wunder natürlich über eine eigens für mich bereitgestellte MAILBOX! Diese galt es nun, in Betrieb zu nehmen.

Schritt für Schritt tastete ich mich vor und folgte genau der Kurzbeschreibung in meinen Händen:

1. Schalten Sie Ihr Gerät ein. – O.k.
2. Wählen Sie die Service-Hotline an.
3. Folgen Sie dem Ansagetext. – O.k.

Jetzt ging's los! Eine sehr sympathische Tonbandstimme wies mich in das Geheimnis ein, wie ich meinen mobilen Anrufbeantworter einzurichten hatte.
Das klang wie folgt:

• Guten Tag, Sie sind mit Ihrer persönlichen Service-Hotline verbunden und haben nun die Möglichkeit, Ihre persönliche PIN-, TAN-, CODE- oder SUPER-PIN-Nummer zu ändern. Wenn Sie diesen Service in Anspruch nehmen möchten, dann drücken Sie jetzt bitte die Eins.
• Möchten Sie Ihren persönlichen Guthabenstand abfragen oder Ihr Guthaben per Cash, Card, Post, Bank oder über die Zahltasten Ihres Handys aufladen, dann drücken Sie jetzt bitte die Zwei.
• Möchten Sie Ihr persönliches Kennwort ändern, dann drücken Sie jetzt bitte die Drei.
• Möchten Sie mit Ihrem persönlichen Berater verbunden werden, dann drücken Sie jetzt bitte die Vier.
• Möchten Sie Ihre persönliche Mailbox einrichten, dann drücken Sie jetzt bitte die Fünf.

- Möchten Sie …

Nein! Halt! Jetzt schnell die Fünf gedrückt.
Weiter ging es:

- Guten Tag, Sie sind mit Ihrer persönlichen Service-
  Hotline verbunden und haben nun die Möglichkeit, Ihre persönliche Mailbox einzurichten …

Die Zeit verging recht schnell und ich kam doch
nicht, wie ich anfangs dachte, zügig voran. Aus der
Küche drangen die leckeren Gerüche des zubereite-
ten Mahles zu mir. Hin und wieder hörte ich schon
den leisen Ruf: »Das Essen ist gleich fertig!«
   Eile war also geboten und ich lauschte weiter der
Ansage.

- Sie haben jetzt die Möglichkeit, Ihre persönliche
  Mailbox einzurichten.

*(Ja, ja, bitte nur zu, das Essen … Ich habe nicht mehr viel
Zeit, was um Himmels willen soll ich tun?)*

- Möchten Sie einen Ansagetext aus dem eigens für
  Sie vorprogrammierten Dienstleistungs-Service-
  Programm herunterladen, dann drücken Sie jetzt
  bitte die Sieben und wählen Sie hier Ihre persön-
  liche Nachricht aus.
- Für die Ansage »The person you have called is
  temporarily not available« drücken Sie bitte Acht-
  Vier-Sechs.

- Für die Ansage »Lieber Anrufer, leider ist im Moment niemand zu erreichen, Sie haben jedoch die Möglichkeit, eine Nachricht zu hinterlassen« drücken Sie bitte Sieben-Drei-Neun.
- Für die Ansage ... drücken Sie bitte Sechs-Fünf-Vier-Sieben.
- Für die Ansage ... drücken Sie bitte Zwei-Eins-Drei-Sechs.
  Oder:
- Sie haben die Möglichkeit, einen persönlichen Ansagetext zu sprechen, dann drücken Sie jetzt bitte die Acht.

Och, dachte ich mir, *wenn das so ist, möchte ich schon gerne einen eigenen Text haben! Aber was sage ich dann? Jetzt erst einmal überlegen, bevor ich voreilig die Acht drücke ...*

Ich räusperte mich noch einmal, damit sich die Ansage auch professionell anhörte, und ...

Da rief meine Frau wieder aus der Küche: »Das Essen ist gleich fertig!« Es klang jetzt schon etwas drohender.

»Ich bin ja gleich so weit, nur noch das Band besprechen, eine Minute bitte, ich stehe kurz vor dem Ziel!«, flehte ich. Meine Frau stand mit hochrotem Kopf in der vom Dampf geschwängerten Küche und verteilte bereits die Köstlichkeiten auf die bereitstehenden Teller. Jetzt aber schnell!

Rasch drückte ich die Acht und es erklang sogleich wieder die nette Tonbandstimme mit der Anweisung, ich solle jetzt klar und deutlich meinen Vor- und

Nachnamen nennen. Dies tat ich. Es folgte ein kleiner Pfeifton und nun kam der entscheidende Moment: »Sprechen Sie jetzt Ihren persönlichen Text auf Ihre persönliche Mailbox.«

Ich holte tief Luft – in dem Moment schrie es aus dem Hintergrund:

»Wenn du nicht sofort zum Essen kommst, koche ich nie wieder für dich!«

Erneut erklang ein leiser Pfeifton aus dem Netzgerät und es folgte die Ansage: »Vielen Dank, Sie haben jetzt Ihre persönliche Mailbox erfolgreich eingerichtet.«

Doris von drüben

Ich wollte mir ein paar Tage Auszeit nehmen und wusste nicht so recht, wohin ich fahren sollte. Meine Freundin Meike bot mir an, bei ihr Urlaub zu machen. Sie besitzt eine kleine Destille, weithin bekannt unter dem Namen »Kleinste Schnapsfabrik der Welt«.

»Du brauchst dich um nichts zu kümmern. Ich koche, wasche, bügle und sorge für dich!«, pries sie mir diese Ferienmöglichkeit in höchsten Tönen an.

Welch ein Angebot! Ich konnte es einfach nicht ablehnen. Dass wir nur sieben Kilometer auseinander wohnten, störte mich bei meinen Urlaubsplänen nicht.

Was Meike zu diesem Zeitpunkt nicht wusste: Ich bin ein schlechter Verreiser und kann nirgendwo anders übernachten als in meinem eigenen Bett. Ich bekomme sofort Heimweh, wenn ich länger als drei Stunden außer Haus bin. Wie ich es schaffe, den ganzen Tag auf der Arbeit zu verweilen und oftmals erst nach neun Stunden in die vertraute und geliebte Umgebung zurückzukehren, ist mir ein stetes Rätsel.

Trotzdem stellte ich mich dieser Herausforderung und fuhr für ein paar Tage zu ihr in die Lüneburger Heide. Ich hatte mein eigenes Apartment, in das ich mich zurückziehen konnte und – was noch wichtiger war – aus dem ich in der Dunkelheit heimlich entkommen konnte.

Wie befürchtet, hielt ich es des Nachts nicht aus

und suchte den Weg ins eigene Bett. Es waren ja nur sieben Kilometer. Morgens traf ich schon vor dem Frühstück wieder ein, so blieb mein Fernbleiben unbemerkt. Das bildete ich mir zumindest ein.

Erst Wochen später gestand Meike mir, dass sie es genau mitgekriegt hatte, wenn ich mit Einbruch der Dunkelheit gen Heimat fuhr.

Natürlich war bei Meike in der Destille immer viel los. Menschen aus aller Herren Länder kamen, um die »Kleinste Schnapsfabrik der Welt« zu besichtigen. Unermüdlich erzählte Meike jedem Interessenten etwas über die Kunst des Schnapsbrennens. Wir erfreuten uns an dem regen Publikumsverkehr und gingen hin und wieder zum Kräutersammeln. Schließlich wuchsen die benötigten Kräuter direkt vor der heimischen Tür!

Eines Tages kam eine Dame mittleren Alters in die Destille gestürmt. Sie riss die Tür auf, trat schwungvoll herein, breitete ihre Arme aus und rief mit kräftiger Stimme: »Meike! Schön, dass wir uns endlich wiedersehen! Wie geht es dir? Ich habe so oft an dich gedacht, nun habe ich es endlich geschafft, zu dir zu kommen, und kann dich sehen!«

Sogleich wurde Meike mit einem beherzten Griff an die scheinbar vertraute Brust gerissen und inniglich auf die Wange geküsst. Meine Freundin warf mir einen fragenden und zugleich zweifelnden Blick zu. Ich zuckte mit den Achseln. Woher sollte ich diese impulsive Dame denn kennen? Ich war doch zum ersten Mal in der Lüneburger Heide!

Nachdem Meike sich aus der Umklammerung befreit hatte, sagte sie: »Es tut mir wirklich leid, aber ich kann dich im Moment nicht unterbringen!«

»Ich bin's doch«, antwortete die Dame. »Doris! Doris von drüben!«

Erneut schaute Meike fragend und flehend zugleich. »Doris?«, sagte sie.

»Ja«, antwortete Doris, »erkennst du mich denn nicht? Ich war länger nicht hier, da ich sehr krank war. In dieser Zeit habe ich zwanzig Kilo abgenommen, aber jetzt geht es mir wieder gut!«

»Mensch«, rief Meike, »jetzt weiß ich! Jetzt, wo du es sagst, du bist ja wirklich schlank geworden! Ich hatte dich ganz anders in Erinnerung, aber nun fällt es mir ein – Doris, ja, Doris von drüben! Wie geht es dir denn?«

Ich war erleichtert. Zum Glück hatte sich das Rätsel gelöst. Die beiden tauschten Nettigkeiten aus und ließen die letzten zehn Jahre in einer Art Zeitraffer Revue passieren. Meistens sprach Doris, aber Meike schien sich auch zu amüsieren.

Es dauerte nicht lange und Doris ging wieder. Als die Tür hinter ihr ins Schloss fiel, rief Meike mit fragender Stimme: »Wer ist Doris? Und von wo drüben!?«

»Wieso?«, antwortete ich verwirrt. »Du kennst sie doch!«

»Eben nicht!«, antwortete Meike. »Ich wollte mir die Blamage ersparen, noch weiter zu fragen, wer sie ist und woher sie kommt. Aber ich kann sie einfach nicht unterbringen.«

Das hatte sie wirklich gut hinbekommen. Nicht

einmal ich hatte bemerkt, dass sie Doris gar nicht kannte!

Jetzt aber begann das Rätselraten. Doris von drüben? Von wo drüben? Aus den neuen Bundesländern? Aus den angrenzenden Ortsteilen? Von der anderen Straßenseite?

Endlich hatte ich die passende Erklärung: Natürlich war es ihr Name, ja, sie hieß Doris von Drüben!

Meike war damit zufrieden. Das konnte stimmen. Auch wenn sie sich noch immer nicht erinnerte.

Es gingen mehrere Wochen ins Land, mein Urlaub war lange vorbei, aber eine Erklärung für den Besuch von Doris gab es nicht. Doris ward nicht mehr gesehen und niemand im Ort kannte sie. Der Bürgermeister nicht, der Pastor und auch die anderen Gemeindemitglieder wussten keinen Rat. Doris blieb ein Phänomen.

Irgendwann hatten wir ihren Besuch vergessen und rätselten auch nicht mehr.

Fünf Jahre später begab es sich, dass eine andere Freundin von mir, Birgit, krank wurde. Sie klagte schon die ganze Woche über Schmerzen im Unterbauch, Übelkeit und Schwäche. Ich hatte sie mehrfach ermahnt, doch zum Arzt zu gehen und sich untersuchen zu lassen. Aber sie wollte nicht.

Ihres Zeichens Krankenschwester, genauer gesagt Dipl.-Krankenschwester (darauf legt sie großen Wert), hatte sie sich die Diagnose schon selbst gestellt. Es handle sich wahrscheinlich nur um festsitzende Blähungen, verbunden mit einem bakteriellen Befall der Magenschleimhaut.

O.k., diese Diagnose leuchtete auch einem Laien wie mir ein. Damit war es allerdings nicht getan. Die Beschwerden wurden stärker, aber wozu einen promovierten Kollegen konsultieren? Aufgrund ihrer Qualifikation und jahrelangen Berufserfahrung sah Birgit sich dazu befähigt, den Grund ihrer Unbefindlichkeit selbst zu diagnostizieren: Festsitzende Blähungen, sie blieb dabei.

Es kam dann, wie es kommen musste. Am Wochenende, genauer gesagt am Samstagabend, entlud sich das Ganze in krampfartigen Anfällen mit kolikartigen Ausbrüchen, sodass ich schließlich einen Notarzt rufen musste. Die Blähungen entpuppten sich als akuter Blinddarmdurchbruch und es folgte eine Notoperation.

Zum Glück ging alles gut, meine Birgit musste jedoch ein paar Tage im Krankenhaus bleiben. Ich besuchte sie regelmäßig und sie schien schnell zu genesen.

Um mich etwas zu entlasten, bot meine Schwester mir an, mich an einem Tag bei Birgit zu vertreten. Das kam mir sehr gelegen und ich freute mich auf einen ruhigen Nachmittag. Die Sonne schien und ich nahm gerade mit einem Kaffee auf der Terrasse Platz, als das Telefon klingelte. Meine Schwester!

»Reg dich jetzt nicht auf«, rief sie in den Telefonhörer, »aber ich komme gerade nicht ins Krankenhaus – weil es brennt!«

Ich dachte, mich rührt der Schlag. »Wieso brennt das Krankenhaus?«, fragte ich erstaunt. »Wo bist du jetzt überhaupt?«

Sie berichtete in kurzen Sätzen, das gesamte Areal um das Klinikgelände sei abgeriegelt und aus der Ferne sehe sie nur schwarzen Rauch aufsteigen. Ich solle mich aber nicht sorgen, es wären genügend Löschfahrzeuge im Einsatz und man hätte dort alles im Griff!

Es fiel mir schwer, die Fassung zu bewahren, ich versuchte es jedoch. Um nicht untätig dazusitzen, rief ich bei allen Dienststellen an, von denen ich mir eine Aussage über den Verlauf und vor allem über den Zustand der Patienten erhoffte. Aber niemand vermochte mir etwas Konkretes mitzuteilen. Es herrschte sozusagen Nachrichtensperre.

Stunden über Stunden hatte ich mit der Kreisbrandleitstelle, der Polizei, benachbarten Krankenhäusern, der Telefonseelsorge und dem Auswärtigen Amt telefoniert. Nichts. Erschöpft sank ich irgendwann in die Kissen und gab mich der Ungewissheit hin.

Dann läutete das Telefon, meine Birgit war am Apparat.

»Du wirst nicht glauben, was hier passiert ist«, flötete sie lustig in den Hörer. »Stell dir vor, heute früh hatten wir einen Brand im Krankenhaus! Es war aber alles nicht so schlimm, wir wurden gleich in den Garten evakuiert und dort mit leckeren Schnittchen und Getränken versorgt! Und was hast du heute so gemacht?«

Ohne Worte glitt mir der Hörer aus der Hand. Ich machte mir nicht mehr die Mühe, ihn aufzuheben. Entgeistert rief ich in Richtung Boden: »Komme morgen zu dir, dann kannst du alles erzählen!«

Am nächsten Tag fuhr ich ins Krankenhaus. Meine Birgit lag mit einer anderen Patientin in einem Zweibettzimmer. Die Bettnachbarin hatte beide Beine fest in Mullbinden gewickelt. Ihre Füße waren an einem Karabinerhaken senkrecht an der Decke befestigt. Ein etwas skurriler Anblick, der mich im ersten Moment zusammenzucken ließ.

Ich trat ein, grüßte freundlich und setzte mich zu meiner Birgit ans Bett. »So«, sagte ich, »nun erzähl mir erst einmal in Ruhe, was hier gestern los war!«

Da tönte es aus dem Nachbarbett: »Ich saß gerade beim Frühstück. Na ja, sitzen kann man es nicht nennen, Sie sehen ja, was mit mir los ist!«

Ich drehte mich kurz zu ihr, nickte freundlich, wandte mich wieder meiner Birgit zu und nahm einen zweiten Anlauf. »Wie konnte es denn überhaupt zu dem Brand kommen?«

Wieder drang mir die Bettnachbarinnenstimme von hinten in die Ohren: »Die Ursache hat man bis jetzt noch nicht festgestellt!«

Erneut wandte ich mich um, diesmal mit einem festen Blick, ohne Lächeln.

Nun unternahm ich einen letzten Versuch: »Lass uns doch ein wenig in den Garten gehen, dann kannst du mir alles in Ruhe erzählen!«

Da entfuhr es der Dame hinter mir: »Wie gesagt, ich wollte gerade Frühstück essen, da gingen auf einmal alle Alarmglocken los und es erklang eine Durchsage. Alle Patienten, die in der Lage dazu wären, selbst aufzustehen, sollten bitte ruhig, aber sofort ihre Zimmer verlassen. Allen anderen würde man helfen. Dies wäre keine Übung, aber es bestünde auch kein Grund zur Panik.«

Ich drehte mich nicht zu ihr um, ich wollte entschiedenes Desinteresse signalisieren. Doch der Dame machte es nichts aus, sie plapperte ohne Pause weiter: »Na, diese Ansagen kenne ich zur Genüge, das können Sie mir glauben! Ich wusste ja nicht, was los war, wollte aber auch nicht warten und am Ende womöglich die Letzte sein. Also sagte ich mir: Doris, sagte ich, Doris, du musst jetzt alle Kraft zusammennehmen und hier irgendwie rauskommen.«

Mir stockte der Atem, ich spürte, wie mein Kinn schwer wurde, das Kiefergelenk löste sich und sackte langsam nach unten. Nun drehte ich mich um, mit großen Augen und offenem Mund entfuhr es mir: »Doris? Doris von drüben?«

Ja, es war tatsächlich Doris von drüben. Birgit hatte sie ein paar Tage später gefragt, ob sie zufällig aus der Nähe des Ortes käme, in dem Meike wohnt. Ich konnte es kaum glauben und teilte die freudige Botschaft gleich Meike mit.

Als Doris nach mehreren Wochen das Krankenhaus verlassen hatte, die Reha hinter ihr lag und sie wieder eigenständig laufen konnte, kehrte sie noch einmal in die Destille zurück. Diesmal fiel das Wiedersehen nicht ganz so impulsiv aus wie vor fünf Jahren. Als sie jedoch die Destille betrat, war es diesmal Meike, die ihr mit freudiger Stimme entgegenrief: »Doris! Schön, dass wir uns endlich einmal wiedersehen!«

Falscher Eingang

Katja hatte fast die ganze Welt bereist. Nichts war ihr fremd, an jedem Ort der Welt kannte sie die Sitten und Gebräuche. Sie fuhr mit dem Wohnmobil durch Kanada, teilte mit Hirtennomaden in der mongolischen Steppe das Leben in einer Jurte und marschierte zu Fuß durch das ewige Eis. Wir mochten es, wenn sie von ihren spannenden Abenteuern erzählte. Passenderweise nannte sie sich selbst »Weltreisen-Katja«.

Einmal legte sie einen Zwischenstopp in unserer Heimatstadt ein. Wir, mein Mann und ich, nutzten die Gelegenheit, neue Reisegeschichten von ihr zu erfahren, und luden sie, mit ein paar weiteren Weggefährten, zu uns ein. Da sie uns das erste Mal besuchte, holten wir sie vom Zubringer ab. Auf dem Weg zu unserer Wohnung staunte sie über das nette Ambiente und die Beschaulichkeit unserer Stadt. Sie selbst wäre es natürlich ganz anders gewohnt. Nicht so viel Verkehr, mehr Natur und vor allem kein Gleichklang. Ihr Leben war prall gefüllt und bunt.

Während wir bei Kaffee und Kuchen zusammensaßen, purzelten die abenteuerlichen Geschichten nur so aus Katja heraus. Was hatte sie in den letzten Monaten wieder erlebt! Die kunterbunten Begegnungen mit Menschen aus aller Herren Länder, philosophische Gespräche in tibetischen Gebetstempeln und – nicht zu vergessen – die Kajakfahrt am Rande der Niagarafälle.

Die Stunden verflogen im Nu. Vor dem Abendbrot wollte Katja sich ein wenig die Beine vertreten und einen kleinen Blick von unserer Stadt erhaschen. Angst, sich zu verlaufen, hatte sie nicht. Sie kenne die Welt wie ihre Westentasche, da würde sie wohl den Weg durch den Park und wieder zurück zu unserer Wohnung im Schlaf finden.

»Nimm lieber dein Handy mit!«, rief ich ihr noch hinterher. »Man weiß ja nie!«

»Habe ich in der Tasche!«, hallte es aus dem Flur, bevor die Wohnungstür krachend ins Schloss fiel.

Na, dachte ich, dann kann ja nichts passieren.

Ich machte mich mit den anderen Gästen daran, das Abendbrot zu bereiten. Wir verließen das Wohnzimmer und gingen in die Küche. Zugegeben, wir lästerten ein wenig, trug unsere Weltreisen-Katja doch manchmal etwas dick auf.

Wir machten uns Musik an und waren bester Laune. Dabei merkten wir gar nicht, wie die Zeit verflog und es langsam dunkel wurde. Wir fanden es nicht verwunderlich, dass Katja von ihrem kleinen Spaziergang noch nicht zurückgekehrt war. Sollte etwas sein, würde sie anrufen, sie hatte ihr Telefon ja dabei.

Plötzlich unterbrach der schrille Ton der Haustürklingel unser geselliges Beisammensein. Immer und immer wieder drang das grelle Bimmeln durch die Wohnung. Es schien, als ob jemand seinem Wunsch nach Einlass einen dringlichen Charakter verleihen wollte.

So war es auch. Kaum hatte ich die Eingangstür geöffnet, stampfte Katja wutschnaubend an mir vorbei. Ehe ich fragen konnte, was los sei, platzte es schon aus ihr heraus.

»Wahrscheinlich ist es euch noch gar nicht aufgefallen, aber ihr habt weder eine Klingel noch ein Namensschild an der Tür! Wie lange wohnt ihr nun schon hier? Es ist mir ein Rätsel, wie ihr Post und Besuch bekommen könnt, ohne Namensschild, Briefkasten und Klingel unten vor der Hauseingangstür!«

»Aber wir haben doch eine Klingel mit Namensschild«, antwortete ich gelassen.

»Dann zeig sie mir! Ich stand fast eine Stunde draußen, habe gerufen und Steine gegen euer Fenster geworfen. Bin von Eingang zu Eingang gelaufen, keine Klingel, kein Name! Die anderen Nachbarn haben mein verzweifeltes Rufen gehört, sie machten bereits die Fenster auf und brüllten raus: ›Hey, nicht so laut da unten!‹ Nur ihr, ihr habt nichts gehört!«, fauchte sie mich an.

»Aber Katja«, erwiderte ich, »warum hast du nicht angerufen, du hattest doch dein Telefon dabei?« Ihr Gesicht wurde noch roter, die Stimme verlor ihre Kraft und sie krächzte leise: »Wer mit dem Fahrrad durch den Jemen fährt, braucht kein Handy, um sich in der norddeutschen Niederung zurechtzufinden!«

»Scheinbar doch«, entfuhr es mir.

Diese Bemerkung trug nicht dazu bei, dass sich Katja beruhigte. Sie hätte es nur einem Zufall zu verdanken, dass sie ins Haus gekommen sei, erklärte sie wütend. Nur weil eine Nachbarin eiligen Schrittes das Haus verließ, konnte sie durch einen gewagten

Sprung ihren Fuß zwischen Tür und Zarge stellen und so das Zufallen der Eingangstür verhindern. So gelang es ihr, wieder ins Treppenhaus zu kommen und schließlich zu uns. Nun solle ich ihr bitteschön Klingelknopf und Namensschild zeigen, verlangte sie aufgebracht.

»Gut, dann komm mal mit.« Ich ging mit ihr die Treppen hinunter und führte sie zur Eingangstür.

»Nein«, rief Kaja, »hier ist nicht der Eingang!« Sie drehte sich um und verwies auf die Türe, welche sich am anderen Ende des Treppenhaues befand. Durch diese sei sie hereingeführt worden, als sie kam. Durch diese sei sie zum Spaziergang hinaus und dort wollte sie auch wieder hereinkommen!

»Katja, liebe Katja, das ist der Hintereingang. Ist dir denn beim Hinausgehen nicht aufgefallen, dass unser Treppenhaus zwei Türen hat? Eine vorne und eine hinten? Einen Haupteingang und den zum Hinterhof? Du warst am falschen Eingang!«

Ihre Gesichtsfarbe wandelte sich von Rot zu Kreideweiß, als sie ihren Fehler bemerkte. Wir lachten und nahmen uns in die Arme.

»Eine Jurte«, sagte sie lachend zu mir, »eine Jurte hat nur einen Eingang!«

Fotoshooting

Ein Artikel in der örtlichen Wochenzeitung rief alle Bewohner unseres Städtchens dazu auf, an einem Fotoshooting teilzunehmen. Durch diese PR-Maßnahme sollte mehr Kaufkraft in die Stadt gebracht werden. Die Fotos sollten kurz vor Weihnachten die Einkaufsstraße zieren und im Frühjahr sogar auf Tüten gedruckt werden.

Warum sollte ich mich nicht auch dafür zur Verfügung stellen? Es war an der Zeit, meinen Mitmenschen einmal etwas Gutes zu tun – und sei es nur mit meinem Foto auf einer Einkaufstüte. Zugegeben, ganz uneigennützig war ich dabei nicht. Insgeheim sah ich mich schon als Fotomodel durch die Welt jetten.

Also fand ich mich am Tag x zur bestellten Uhrzeit in der Einkaufsstraße unseres Ortes ein.

Es war noch recht früh am Morgen und ich hatte die Hunde mitgenommen. Diese kauften schließlich auch gern in den hiesigen Geschäften ein, mit Vorliebe beim Schlachter!

An einem Stehtisch fand ich die Initiatoren der Kampagne. Vor ihnen war eine kleine Bühne aufgebaut, die einem Fotoatelier glich. Große Schirme, um die richtige Beleuchtung für den Fotografen zu gewährleisten, ein paar Accessoires für die freiwilligen Models und natürlich eine große Kamera.

Während ich mich am Stehtisch registrierte, hörte ich im Hintergrund die Anweisungen des Fotomachers: »Ja, prima so, noch ein bisschen mehr nach links. Und jetzt zu mir schauen, nicht so ernst, so ist es super. Und noch einmal bitte! Danke, jetzt haben wir es!«

Fröhlich drehte er sich um, sah mich und die Hunde und kreischte vor Entzückung:

»Wunderbar, mit Hunden! Wir machen die Aufnahmen mit den Hunden!«

Na klar, dachte ich, die habe ich doch extra dafür mitgebracht.

Mit Erleichterung nahm ich zur Kenntnis, dass so früh am Morgen kaum Menschen in der Einkaufsstraße unterwegs waren. Genau genommen, waren die Fotoleute und ich momentan allein.

Nachdem ich alle Formalitäten erledigt und mein Einverständnis für eine etwaige Veröffentlichung der Bilder gegeben hatte, trat ich an die Seite des Fotografen. Er frohlockte erneut: »Großartig, wir machen die Aufnahmen mit den Hunden!«

Ja, dachte ich, so weit waren wir schon.

»Wir stellen sie auf ein Skateboard! Können wir die Tiere auf ein Skateboard stellen?« Er sah mich erwartungsvoll an.

Natürlich, dachte ich mir, *die sind es ja gewohnt, auf selbigen zu stehen. Das gehört praktisch zu ihren einfachsten Übungen ...*

»Ja«, meinte ich zögerlich, »wir können es versuchen.«

Der Assistent rollte das Board zu mir und ich stellte einen Fuß vorne drauf. Im selben Moment rollte das Brett auch schon zur Seite weg. Das konnte ja heiter werden.

»Aber ohne Leine!«, rief mir der Fotograf zu. »Können wir es ohne Leine machen?«

Ich war damit beschäftigt, in gebückter Haltung dem davoneilenden Skateboard hinterherzulaufen. Unterdessen machte der Assistent die an meiner Hand befindlichen Hunde von der Leine los.

»Ohne Leine ist schlecht«, entfuhr es mir noch, da waren die Hunde auch schon frei. In weitem Bogen umkreisten sie lustig bellend mich und das Skateboard.

Als ich mit hochrotem Kopf aufsah, stand eine Traube von Menschen um mich herum, die herzhaft lachte.

Nachdem ich das Brett im Griff hatte, versuchte ich, die Hunde zu bändigen.

»Nein«, rief der Fotograf, »das Geschirr muss ab, geht es auch ohne Geschirr?«

Widerspruch war zwecklos. Ehe ich mich versah, waren die Tiere auch noch ohne Geschirr. Somit hatte ich keinerlei Herrschaft mehr über den weiteren Verlauf.

Ich legte das Rollbrett wieder in Position und stellte mich darauf. Der Assistent schob sachte einen der Hunde zu mir. Ich stellte seine Vorderpfoten auf das Brett, bückte mich nach dem anderen Tier, um es in die richtige Position zu bringen. Da klappte das Rollbrett am hinteren Ende hoch, der Hund erschrak und lief davon. Ich verlor das Gleichgewicht und kippte zur Seite weg. Der Fotograf rief: »So ist es klasse und jetzt nicht bewegen!«

Leicht gesagt, dachte ich mir. Aber ich hielt mich

wacker auf dem Brett und die Masse applaudierte lachend. Der Lichtbildner, mittlerweile vor uns hockend, rief weiter seine Kommandos, was dazu führte, dass einer der Hunde auf ihn zulief und in seinen Schoß sprang. Daraufhin verlor auch er das Gleichgewicht, kippte nach hinten weg und wurde liebevoll im ganzen Gesicht abgeleckt.

Jetzt gab es für die Zuschauer kein Halten mehr. Alle schlugen sich auf die Schenkel und einer nach dem anderen trug sich in die Liste ein und wollte abgelichtet werden.

Für uns war der ganze Spuk endlich vorbei. Der Fotograf meinte, er hätte genügend Material, wir könnten uns jetzt entfernen. Wir sollten uns ein paar Wochen gedulden, dann würden zunächst ein paar Fahnen mit unserem Konterfei aufgehängt und später sollte es dann besagte Einkaufstüten geben. Als Dank für meine Mühe und Zeit könne ich mir bei dem Fotografen ein Bild kostenlos abholen. Danke.

Nach ein paar Tagen fand ich mich im angegebenen Fotostudio ein. Was ich dann zu sehen bekam, erstaunte mich sehr. Das Bild zeigte mich kerzengerade auf dem Rollbrett, zu meinen Füßen ein artiges Hündlein, welches mit allen vier Pfoten auf dem wackeligen Untergrund stand. *Was die Technik heute so alles möglich macht*, dachte ich. *Aber hätten sie nicht an Hüften und Gesäß auch noch etwas korrigieren können?*

Es war ein regnerischer, windiger Nachmittag und alle Honoratioren der Stadt hatten sich eingefunden, um dem Event in der Einkaufsstraße beizuwohnen. Heute sollten die Bilder, in Form von wehenden Fähnchen, der Öffentlichkeit gezeigt werden. Ich hatte eine persönliche Einladung zu dem Spektakel erhalten und war zugegebenermaßen aufgeregt. Schließlich könnte es der Anfang einer großen Karriere werden!

Zunächst gab es die üblichen Reden, mit Dank hier und Dank da, bis es endlich so weit war. Zwischen den Häuserfronten wurden die Leinen mit den Fahnen gespannt.

In der ersten Reihe konnte ich mich nicht entdecken. Auch nicht in der zweiten. Den Kopf in die Höhe gerichtet, lief ich suchend durch die Straße. Endlich, da hingen wir, meine Hündchen und ich. Gut zu erkennen in luftiger Höhe. Die Fahne mit unserem Foto zappelte lustig im Wind.

Auf einmal gab es einen heftigen Windstoß und die Flagge wickelte sich ein paar Mal um die Leine. Nun waren nur noch meine Füße zu erkennen. Selbst mit viel Einbildungskraft war nicht zu erraten, wer wohl auf diesem Stück Papier zu sehen sein sollte.

Die Enttäuschung war groß. Binnen weniger Minuten hatte meine Laufbahn als Model schon ihr Ende gefunden.

Dazu kam, dass wir uns kurz vor Weihnachten befanden. Schon nach drei Wochen mussten alle Flaggen der Weihnachtsbeleuchtung weichen.

Im Frühjahr hatte ich die ganze Aktion beinahe vergessen und trauerte nicht mehr der Tatsache hinterher, doch nicht in den Straßen unserer Stadt zu hängen. Da entdeckte ich bei einem Einkaufsbummel die ausgestellten Einkaufstüten in der Fußgängerzone. Sogleich machte ich mich auf die Suche nach meinem Bild. Aber ich fand es nicht. Weit und breit nichts zu sehen.

Damit sollte der Fall für mich nun wirklich erledigt sein. Und eines stand definitiv fest: Ich würde mich nie mehr für solche Veranstaltungen zur Verfügung stellen. Basta.

In der Woche nach meinem schwerwiegenden Entschluss schlug ich die Wochenzeitung auf und entdeckte folgende Schlagzeile: »Durch Vandalismus zerstörte Einkaufstüte wieder aufgetaucht!«

Ein kleines Foto zeigte die Einkaufstüte – und tatsächlich: Darauf war ich abgebildet! In dem Artikel hieß es, Unbekannte hätten die Tüte in den Fluss geworfen. Aufmerksame Mitbürger hätten sie jedoch gefunden und den Initiatoren wieder übergeben. Auf einem weiteren Foto sah ich die ehrlichen Finder und den Bürgermeister. Freudestrahlend standen sie um die mit Entenflott und Schlamm beschmierte Tüte herum, welche sie soeben symbolisch aus dem Weiher gezogen hatten.

Gut, man musste schon ganz genau hinsehen, um mich noch darauf zu erkennen – aber jetzt hatte ich immerhin doch noch meinen großen Auftritt, und zwar in der Lokalpresse.

Menschen im Hotel

Wir sind nun schon ein paar Tage in unserem »Vital-Hotel«, und der Name hält, was er verspricht. Es gibt naturbelassene Lebensmittel, man ist auf ökologisches Waschen bedacht, hat ein eigenes Blockheizkraftwerk und einen Schwimm-, Sport- und Wellnessbereich.

Einzig der Altersdurchschnitt macht dem Namen nicht alle Ehre. Besonders augenfällig wird dies im Restaurantbereich, der stets gut besucht ist.

An einem Abend gehörten wir zu den Ersten, die sich zum Essen einfanden. Etwas versetzt von uns nahm ein älteres Ehepaar Platz, nach und nach kamen noch weitere Gäste.

Die Kellnerin brachte uns die Vorspeise und ging dann an den Tisch des älteren Ehepaares, um den Getränkewunsch zu erfahren. Aber statt eine Bestellung aufzugeben, erwiderte der Herr mit keckem Gesichtsausdruck: »Nun raten Sie einmal, wie alt ich bin!«

Seine Frau fiel ihm ins Wort: »Erwin, nun lass das doch!«

Doch die Kellnerin entgegnete: »Nein, lassen Sie nur, ich kann es versuchen!« Dies ist nicht schwer, dachte ich bei mir und riet im Geiste mit. Neben dem Tisch stand ein Rollator, seine Stimme war zittrig und die Lebensfalten in seinem Gesicht ließen auf gute und schlechte Tage schließen. Tja, sagte ich zu mir, er wird so um die hundertelf Jahre alt sein.

Da entfuhr es der Kellnerin freudig: »Sie sind fünf-undsiebzig Jahre alt!«

Laut lachend erwiderte der Herr: »Nun rechnen Sie mal noch sieben Jahre dazu und dann passt es!«

Mir glitt mein Suppenlöffel, der sich gerade in Richtung meines offenen Mundes bewegte, aus der Hand. Laut klirrend fiel er zurück in die Schüssel und mit einem leichten Platschen in die Suppe. Das heiße Nass verteilte sich gleichmäßig über dem Tisch und auf meiner Serviette. Mit einem gequälten Lächeln versuchte ich, durch leichtes Tupfen auf Tischtuch und Schoß der heißen Flüssigkeit entgegenzuwirken, was nur mäßig gelang.

Zum Glück rief nun einer der Gäste vom Neben-tisch: »Fräulein, können wir dann auch etwas zum Trinken bestellen?«, und bereitete damit dieser kleinen peinlichen Einlage ein Ende.

Es wurde still im Essraum und jeder nahm das ihm gereichte Mahl ein. Zwischen den einzelnen Gängen ging ein leises Wispern durch den Raum. Nur neben uns am Tisch herrschte Stille. Ich drehte mich zur Seite und stellte fest: Rollator und Gast waren nicht mehr am Platz, einzig seine Frau saß noch da. Dies irritierte mich nicht weiter, denn ab einem bestimmten Alter ist langes Sitzen, Essen und Trinken sicher auch eine Qual. Er wird sich auf sein Zimmer zurück-gezogen haben, dachte ich.

Aber weit gefehlt. Nach ein paar Minuten erklang der sonore Ton seiner Stimme wieder in meinem Ohr. Mit quietschenden Rädern rollte sein Gefährt zurück an den Platz. Er setzte sich zu seiner Gattin und rief laut in den Raum: »Ich war mir nur mal eben die Zähne abspülen!«

Diesmal war es das Hauptgericht, in das mir die Gabel fiel. Nur durch tiefes, gleichmäßiges Ein- und Ausatmen gelang es mir, den Brech- und Würgereiz zu unterdrücken. Unbemerkt hatte sich mein Mund wohl geöffnet, denn die feste Stimme meiner Tischbegleitung – »Mach den Mund wieder zu!« – riss mich aus meiner Schockstarre zurück in die Gegenwart.

Die anderen Gäste schien die Bemerkung des älteren Herrn nicht weiter zu irritieren, denn sie aßen unbekümmert weiter. So nahm ich auch noch meinen Nachtisch zu mir und hauchte den Vorfall mit dem Atem der Nachsichtigkeit davon.

Eines Nachmittags führte mich mein Weg direkt in die Sauna des Hotels. Es waren verschiedene Schwitzstuben im Angebot, unter anderem eine finnische, eine Bio- und eine Lichtwellensauna. Ich entschied mich für die klassische und nicht so heiße, »normale« Sauna. Als ich diese betrat, stellte ich mit Erstaunen fest, dass sie nicht nur wenig Hitze, sondern auch wenig Platz bot. Zwei Bänke, die etwas höhenversetzt waren und auf die im Ganzen höchstens vier Personen passten, sowie ein Ofen, welcher die nötige Hitze erzeugte, standen in der kleinen Kammer. Der Ofen war gleich links neben der Tür postiert. Direkt vor ihm befanden sich die Sitzflächen, was ein entspanntes Umgehen des Gerätes verhinderte. Lediglich ein kleiner Handlauf, an dem man sich festhalten konnte, ermöglichte es, sich an ihm vorbeizuschlängeln, ohne die heißen Kohlen auf dem Ofen zu berühren.

Die Sauna war noch leer, als ich kam, was ein Erreichen der Sitzflächen erleichterte. Ich streckte mich gemütlich im oberen Bereich aus.

Ein paar Minuten vergingen, bis sich zwei schwitzwillige Herren zu mir gesellten. Ihr Körperbau erinnerte mich sofort an die Chippendales. Aufgrund der nun entstandenen Enge setzte ich mich auf und spürte sofort die Hitze des Ofens unmittelbar vor mir.

Obwohl der Raum mit drei Personen bereits gut gefüllt war, kam noch ein weiterer Chippendale hinzu. Mir wurde jetzt nicht nur durch die Wärmeausstrahlung der glühenden Kohlen heiß. Auch der Gedanke, wie ich jetzt wieder hier rauskommen sollte, trieb mir zusätzlichen Schweiß auf die Stirn.

Meine erste Überlegung war, von oben nach unten über die Liegeflächen zu rutschen, um dann vorsichtig, mit verschränkten Armen und eingezogenem Bauch, zur Tür zu schreiten. Allerdings hätte ich zuvor noch über den Ofen klettern müssen.

Eine andere Möglichkeit wäre, mich über die zwei Herren zu hangeln und daraufhin einen Absatz hinabzusteigen. Im weiteren Verlauf wäre eine seitliche Drehung erforderlich, um mich dann, ohne den dritten Chippendale zu berühren, final zur Tür zu schwingen. Zwischen dem Ofen und der unteren Liegefläche war jedoch nur sehr wenig, um nicht zu sagen, gar kein Platz. Ein heikles Unterfangen. Trotzdem musste ich es versuchen, hier irgendwie herauszukommen.

Es blieb mir nichts anderes übrig, als den direkten Weg zu nehmen. So zog ich sachte mein Handtuch unter dem Hintern hervor und flüsterte leise: »Ich würde dann gern rausgehen!« Da stand ich nun, halb gebückt, das Handtuch leicht vor die Lenden haltend. Was auch immer mich dann ritt, ich weiß es nicht. Statt mich vorsichtig an den Herren vorbeizuschlängeln, riskierte ich es und machte einen großen Schritt auf die untere Sitzreihe. Dabei hatte ich mich etwas verschätzt und verlor das Gleichgewicht. Da ich nicht auf dem Ofen landen wollte, drehte ich mich zur Seite und riss mit einer rudernden Bewegung den rechten Arm hoch. Mir war klar, dass mich mein Arm allein nicht vor dem Sturz retten würde. Daher streckte ich gleichzeitig mein linkes Bein aus. Aber diese Maßnahme machte es nur noch schlimmer. Das Handtuch, welches bis gerade eben meinen Körper schützend bedeckt hatte, lag bereits auf dem Boden, und ich würde es ihm bald gleichtun. So jedenfalls meine Horrorvision. Mein Körper sackte mit aller Macht in Richtung Boden, nur Arm und Bein hielt ich wacker in die Höhe gestreckt.

In diesem Moment gingen mir verschiedene Gedanken durch den Kopf. Zum einen, was für ein Bild ich hier gleich abgeben würde, völlig nackt, breitbeinig auf dem Boden liegend, wie ein Maikäfer. Und zum anderen fragte ich mich, ob ich mir wohl bei dem bevorstehenden Aufprall auf dem Boden das Genick brechen oder nur mit den unteren Gliedmaßen den heißen Ofen streifen würde. Beide Szenarien waren gleich schrecklich für mich.

Während ich das Unglück unaufhaltsam näherkommen sah, spürte ich plötzlich einen kräftigen Ruck an meinem Handgelenk. Einer der Herren hatte mich geistesgegenwärtig gegriffen und versuchte, das nahende Unheil zu verhindern. Dabei hatte er wohl mein Gewicht falsch eingeschätzt, denn ich sah aus dem Augenwinkel, wie sich sein Gesäß langsam erhob.

Allein der Gedanke, in wenigen Sekunden auf dem Boden zu liegen, war mir schon unangenehm genug. Nun deutete sich an, dass ich nicht allein da unten landen könnte. Wenn der gutgemeinte Rettungsversuch jetzt schiefging, würde der Chippendale direkt auf mir liegen.

Zum Glück fing er sich wieder und hielt mich mit seinem kräftigen Arm fest. Sein beherzter Griff bewahrte mich davor, unsanft auf dem Boden aufzuschlagen. Stattdessen stieß ich mir nur an der Kante des Fußabtreters das Hinterteil. In diesem Moment wurde mir schmerzlich klar, dass die Nerven des Gesäßes unmittelbar mit den Tränendrüsen zusammenhängen, denn es trat sofort Wasser in meine Augen. Jetzt bloß nicht noch heulen, sagte ich mir und hangelte mich an dem in greifbarer Nähe befindlichen Türgriff hoch. In meiner Schockstarre wandte ich mich noch einmal gequält lächelnd an meinen Retter und wollte nun schnell den Ort des Schreckens verlassen.

Als ich mich der Tür zuwandte, sah ich dort eine Traube von Schaulustigen, die sich an der Scheibe die Nase plattdrückten und teils schadenfroh, teils entsetzt ins Innere der Sauna blickten.

Beherzt öffnete ich die Tür und bahnte mir, ohne eine Miene zu verziehen, den Weg durch die nackten Artgenossen. Ich ging, ohne Abkühlung, direkt zurück auf unser Zimmer, um meine Wunden zu versorgen.

Einzig der Gedanke, die anderen Gäste würden mich – angezogen, die Haare frisiert und mit Brille – nicht wiedererkennen, ließ mich am Abend erhobenen Hauptes durchs Foyer in den Essensraum schreiten.

Mountainbike

Als leidenschaftliche Radlerin ist mir kein Berg zu hoch, kein Weg zu weit und vor allem kein Wetter zu schlecht. So machte es mir auch nichts aus, dass es in Strömen regnete, als ich mit meinem schicken, neuen Mountainbike meine erste Tour in Angriff nahm. Sie sollte mich noch nicht über Stock und Stein führen, obwohl das Fahrrad gerade für unwegsames Gelände gemacht war. Aufgrund des Regenwetters entschied ich mich für eine asphaltierte Kurzstrecke, die von einem Grünstreifen eingerahmt war. So hatte ich zumindest das wunderbare Gefühl, im Forst unterwegs zu sein.

Schwungvoll trat ich in die Pedale und ließ mir den Fahrtwind um die Nase wehen. Dass der Regen unterdessen stärker wurde, machte mir wenig aus.

Es dauerte nicht lange, da hatte ich einen Wegbegleiter. Mein Bekannter Günther nutzte denselben Radweg als Abkürzung, um schnell nach Hause zu kommen. Ich indessen war auf Jungfernfahrt und sehr gespannt darauf, was er zu meinem neuen Gefährt sagen würde.

Sogleich sprach er mich darauf an: »Du, dein Fahrrad ...«

»Ja«, fiel ich ihm ins Wort und sagte stolz: »Das ist neu. Es ist ein Mountainbike!«

»Aber dein Rücken!«, wand er ein.

Mein Rücken? War das jetzt alles, was ihm dazu einfiel?

»Ach«, erwiderte ich, »das Fahrrad ist ergonomisch geformt und deshalb sehr rückenfreundlich. Zudem hat es überall Federn, am Lenkrad und auch unter dem Sattel. Dadurch ergibt sich selbst im unwegsamen Gelände ein weiches Fahrgefühl«, pries ich ihm mein neues Mountainbike in den höchsten Tönen an.

»Aber hinten ...«, entfuhr es Günther erneut.

»Hinten«, antwortete ich, »hinten ist die Gangschaltung. Leicht an den drei Zahnrädern zu erkennen. Es hat übrigens einundzwanzig Gänge«, prahlte ich stolz, denn das Fahrrad von Günther hatte seine besten Tage bereits hinter sich.

Wie es sich für ein solides Herrenrad gehörte, hatte seines eine Mittelstange. Meines im Übrigen auch. Seine schien jedoch lediglich den Lenker mit dem Hinterrad zu verbinden, während meine Stange geschwungen nach hinten abfiel und dem Sportgerät so seine Windschneidigkeit verlieh.

Als Günthers Fahrrad gebaut wurde, war die Gangschaltung scheinbar noch nicht erfunden. Jedenfalls hatte es keine. Daher musste er mühsam gegen Wind und Regen strampeln, während ich leichtfüßig durch die Sturmböen glitt.

Auch waren seine Schutzbleche schon etwas von Patina befallen, während mein Prachtstück natürlich gar keine Schutzbleche besaß. Aber mal ganz ehrlich, wie würde eine solche Rennmaschine mit Schutzblechen aussehen?

Nun, ich wollte Günther und seinem Vehikel kein Unrecht tun, aber hier war jemand ganz vorne mit dabei. Und Günther war es nicht, dies stand für mich schon einmal fest.

Während ich so vor mich hinglitt, wehte der kalte Fahrtwind mir erneut Günthers mahnende Stimme ins Ohr: »Du hast da hinten ...«, fing er wieder an.

Sogleich fiel ich ihm, langsam etwas genervt, ins Wort: »Ja, Günther, ich habe da hinten einen stabilen Rahmen, unterstützt von Federungssystemen, außerdem profilierte Reifen, eine leistungsfähige Kettenschaltung, Federgabel und Scheibenbremsen. Zusätzlich ist dieses Gerät mit einer Heckfederung ausgestattet. Da dieses Meisterstück der Technik auch noch komplett gefedert ist, wird es Fully genannt!«

Hast du es nun begriffen?, dachte ich bei mir.

Da kam erneuter Einspruch von der Seite. Diesmal jedoch recht laut und energisch: »Das ist ja alles wunderbar«, entfuhr es Günther. »Da du jedoch keine Schutzbleche hast, spritzt dir die ganze Zeit der Dreck von der Straße auf den Rücken und deine Jacke ist völlig verschmutzt. Ich versuche schon die ganze Fahrt, dich darauf aufmerksam zu machen, dass du einen schwarzen Streifen auf dem Rücken hast!«

Pahlhuus

Was mich bei unserer Wanderung erwarten sollte, wusste ich nicht so recht. Mich hatten nur spärliche Informationen über den Tagesablauf erreicht, die da lauteten: »Wir wandern durch das Moor von Mecklenburg-Vorpommern und werden einige Pflanzenarten kennenlernen, die typisch für diesen Landstrich sind. Am Nachmittag nehmen wir dann einen kleinen Imbiss bei einem ortsansässigen Fischer zu uns und wollen am frühen Abend die Heimreise antreten.« Dies hörte sich interessant an und versprach einen umfangreichen Tagesablauf.

Für eine Wanderung durch die Moorlandschaft fühlte ich mich bestens gerüstet. Vorsorglich hatte ich einen Kompass eingepackt, falls ich den Anschluss zu meiner Wandergruppe verlor. Auch mein Verpflegungsvorrat sollte für einen Tag im Freien genügen.

Mit festem Schuhwerk, Rucksack, Hut und Sonnenbrille ausgestattet, kam ich guter Dinge am Treffpunkt, wir hatten uns den Parkplatz vor dem Informationszentrum des Pahlhuus am Schalsee auserkoren, an. Nach und nach fuhren auch die anderen mit ihren Autos auf den Parkplatz. Als ich in die geöffneten Kofferräume blickte, tat sich für mich eine fremde Welt auf. Die Autos waren vollgepackt mit professionell geschnürten, in Naturgrün gehaltenen Rucksäcken. Die Rucksäcke wiederum hatten viele kleine, mit Reißverschlüssen versehene

Taschen. Aus diesen Taschen ragten Wanderkarten, Thermosflaschen und Reiseproviant. Nun begann einer nach dem anderen seine Sachen zu sichten, zu sortieren und entsprechend das Ränzle zu schnüren. Man zog sich vereinzelt die Wanderschuhe an, verzehrte schon mal einen kleinen Happen von den mitgebrachten Leckereien und stimmte sich in freudiger Erwartung mit kleinen Gesprächen auf den Tag ein.

Jetzt kamen mir doch erste Zweifel, ob ich richtig ausgestattet war, vor allem, was mein Schuhwerk betraf. Die Treter an meinen Füßen waren zwar bequem und fest, entsprachen aber nicht den echten Wanderkriterien, weder von der Form (seitlich offene Sandale) noch von der Farbe (Orange). Aber all dies konnte mich nicht beirren. Ich hielt meinen Zweifeln stand, machte mir selbst Mut und war der festen Überzeugung – dies wird ein guter Tag.

Nachdem alle am Treffpunkt versammelt waren, sollte es losgehen. Wir wanderten geschlossen zum Pahlhuus, ein Naturkundemuseum, das auf 49 Pfählen aufgebaut ist. Dort wartete schon ein ortsansässiger Naturkundler auf uns, der unser Wegbegleiter durch die Moorlandschaft sein sollte.

Er stellte sich als Herr L. vor, schilderte kurz seinen Wirkungskreis in der Region und lud uns ein, zunächst die Ausstellung im Pahlhuus anzusehen, bevor es in die Natur gehen sollte. Dadurch bekämen wir vorab einen kleinen Einblick in das, was uns draußen erwarten würde.

Diese Gelegenheit wollten wir uns natürlich nicht entgehen lassen!

Im Haus erhielten wir als Erstes ein Gläschen Holunderbeersekt. Die Beeren waren selbstverständlich handgepflückt. Herr L. erläuterte uns ausführlich, wie das köstliche Gebräu hergestellt und nach einem Reifeprozess von einigen Wochen per Hand in Flaschen abgefüllt wurde.

Sodann wies er uns auf die gesammelten, liebevoll auf Tischen angerichteten Leckereien der Natur hin, welche wir doch bitte mit Bedacht in Augenschein nehmen sollten. Dies taten wir auch, während Herr L. begann, uns aus Leibeskräften die Natur und ihre Schätze näherzubringen.

An dieser Stelle muss ich anmerken, dass mich Herr L. an einen neuzeitlichen Tarzan erinnerte. Ich könnte ihn auch als »Pflanzenflüsterer« beschreiben. (Er möge mir diese Bezeichnungen verzeihen, aber ich habe selten einen Menschen getroffen, der so in einer Sache verwurzelt war wie Herr L. in seiner Tätigkeit!) Nun kann man sich Herrn L. nicht als jemanden vorstellen, der sich im Moor von Mecklenburg-Vorpommern von Liane zu Liane schwingt. Ich konnte mich jedoch des Gefühls nicht erwehren, dass er eine innige Verbundenheit mit jedem Grashalm und jeder Pflanze hegt, die in seinem Territorium wächst. Er kennt sie alle beim Namen, und wenn er abends seine Runden zieht, zählt er sie womöglich, um sicherzugehen, dass auch ja keines fehle.

Kommen wir zurück zu den kleinen Naschereien der Natur. Wie gesagt, auf ein paar Tischen war nett angerichtet, was des Pflanzenliebhabers Herz begehrt. Da lag das selbstgebackene Schrotbrot, welches wir mit einem Pflanzenfettaufstrich aus Sonnenblumenöl verfeinern und probieren konnten. Auch Kamillenblüten waren bereits fertig in einer Kanne angerichtet, es fehlte nur ein Schuss heißen Wassers für einen köstlichen Tee. Des Weiteren gab es Bärwurz gegen Warzen, den Hahnenfuß gegen Ischias und Schulterreizen, die Brennnessel gegen Ziehen im linken Zeh und so weiter und so weiter …

Zu allem, was wir angerichtet vorfanden, lag die entsprechende Fachliteratur bereit, in der wir nachlesen konnten, wo die Pflanzen wuchsen und vor allem, wie sie zubereitet werden. Zum krönenden Abschluss gab es für alle ein Gundermann-Eis. Der wildwachsende Gundermann sollte uns auf unserer Wanderung bald begegnen, wie uns Herr L. versprach.

Nun hielt es uns nicht länger in den Räumen und es trieb uns hinaus in die freie Natur. Herr L. wanderte vorweg und wir waren sehr gespannt, denn es sollte nun endlich ins Moor gehen.

Draußen angekommen, machten wir erneut einen kleinen Stopp, da Herr L. zu seinen Füßen ein seltenes Exemplar eines nur in diesem Landstrich vorkommenden Einblattkeimers vorfand. Herr L., von allen Seiten eingekreist, hörte wohlwollende »Ohs« und »Ahs«.

Der Trupp setzte sich in Bewegung, doch nach zwei kleinen Schritten wartete schon das nächste Großereignis auf uns: der für Migräne und gegen Menstruationsbeschwerden gern eingesetzte Traubensilberkerzenwurzelstock, selten gesehen, aber oft genommen. Wir staunten auch hier.

Und da, plötzlich, entdeckte Herr L. auf seinem Hemdkragen den hellbraungefleckten Borkenkäfer. Die Betonung liegt auf »hellbraungefleckt«, denn es gilt, diesen nicht mit dem dunklen Artgenossen aus der Gattung der Hirschhornkäfer zu verwechseln! Wir kamen aus dem Staunen nicht mehr heraus. Herr L., von unserer Begeisterung nicht unberührt, lief langsam zur Hochform auf, dabei waren wir noch gar nicht im Moor angekommen!

Wir bewegten uns nur im Entenmarsch voran, da wir vor jedem keimenden Blatt am Wegesrand innehielten, um es zu bestaunen. Jetzt wagten wir einen kleinen Vorstoß und fragten, ob es denn noch weit sei zum Moor. »Nein, wir sind gleich da«, antwortete Herr L. voller Vorfreude.

Und tatsächlich, nach ein paar Metern entdeckten wir ein Hinweisschild mit der Aufschrift »Naturschutzgebiet Moorlandschaft«. Erleichterung machte sich breit, jetzt ging es also los.

Wir betraten den Steg, der als Rundweg um das gesamte Areal führte. Sogleich entdeckte Herr L. am Wegesrand den wildwachsenden Gundermann. Das war natürlich eine besondere Freude, da wir im Pahlhuus ein Gundermann-Eis genossen hatten. Der Steg gab es leider nicht her, an dieser Stelle nebeneinanderzustehen. Daher zog die Karawane, einer nach dem anderen, staunend, sich bückend und schnuppernd, an dem grünen Gewächs vorbei. Herr L. wurde nicht müde, zu jedem einzeln zu sagen: »Dies ist der Gundermann, dieser hier, auf den ich mit meinem rechten Zeigefinger deute. Nein, nicht die Braunäugige Susanne, hier, dieser mit den gekräuselten Blättern.«

Wir arbeiteten uns langsam über den Steg vor und bewunderten die wunderschöne, naturbelassene Gegend. Wie Herr L. uns erzählte, wachse hier alles, wie es wolle, der Mensch greife nicht in die Natur ein.

Unermüdlich zählte Herr L. alle Pflanzennamen auf, beantwortete Fragen, bot Blätter zum Naschen an und wiederholte alles auch gern noch einmal, wenn der Letzte der Gruppe etwas nicht verstanden hatte.

Als wir ungefähr die Hälfte der Strecke hinter uns gebracht hatten, machte sich bei mir ein leichtes Hungergefühl breit. Vom letzten Ausflug wusste ich, dass ich auf eine Pause vergeblich warten würde. Stattdessen sah ich, wie ringsherum vereinzelt die Stullen nebst Energietrunk ausgepackt wurden. Jetzt konnte auch ich nicht länger warten und fing an, mich über mein Carepaket herzumachen. So waren wir jetzt mehr mit der Nahrungsaufnahme beschäftigt, als den Ausführungen unseres Herrn L. zu lauschen.

Als Herr L. uns dann das Paarungsverhalten der Libelle erklärte, trennte sich die Spreu vom Weizen und es entstanden kleine Zusammenschlüsse. Auf der einen Seite die unersättlichen Naturliebhaber und auf der anderen die hungrigen Städter.

Gunda nutzte die Gelegenheit, um sich von ihrem Beinkleid zu befreien, was bei der typischen Wanderhose auch kein Problem ist. Da sie mit Reißverschlüssen oberhalb des Knies versehen ist, braucht sie nur aufgezogen zu werden, um sie dann leicht über den

Fuß abzustreifen. Dies klappt jedoch nur, wenn die Füße nicht in dicken Wanderstiefeln stecken. Und von diesen kann man sich nur lösen, wenn kein kopflastiger Rucksack auf dem Rücken festgezurrt ist. Wird trotzdem der Versuch unternommen, die Hose auszuziehen, obwohl Stiefel an und Rucksack auf dem Rücken, dann kann es zu Gleichgewichtsstörungen kommen und der Wanderer droht ins Moor zu fallen. Dies wäre Gunda beinahe passiert, aber mit einem festen Griff an ihre Gürtelschlaufe konnten wir das Unglück verhindern.

Einige suchten mittels ihres mitgebrachten Mobiltelefons den Kontakt zur Außenwelt und gaben schon mal einen Zwischenbericht Richtung Heimat ab. Die Schnellen liefen voraus, um sich auf einer nahegelegenen Wiese von den ersten Strapazen zu erholen.

Die anderen, darunter ich, folgten eisern Herrn L. und lauschten wissbegierig seinen Ausführungen. Jetzt kristallisierte sich nämlich noch ein weiteres Wissensgebiet von Herrn L. heraus: Er war ein ausgezeichneter Ornithologe, was er uns bis zu diesem Moment vorenthalten hatte.

»Hören Sie«, sagte er, »das war die Nachtigall und nicht die Lerche. Dieses typische langgezogene tirilizipiziiiiiiiiiii, ja – da hören Sie, doch, sie ist es!« Wir lauschten leise und angespannt, tatsächlich, da war es wieder, tirilizipiziiiiiiiiiii.

Ein scheinbar unerschöpflicher Schatz an Naturwundern tat sich vor uns auf. Der Mauersegler, wilde Orchideen, die Seeschlange, Seerosen, Ginstern,

breit- und flachblättriger Huflattich, Löwenzahn …
und da, am Wegesrand, die Goldregensäcke.

Wie bitte? Plötzlich waren alle wieder hellwach.
»Goldsäcke? Habe ich richtig gehört?«

»Ja, Goldsäcke«, wieder deutete Herr L. mit seinem
Zeigefinger auf eine Pflanze, die tatsächlich kleine
Säcke unter ihrer Knospe trug. Hier ging dann die
Fantasie mit einigen durch und es brach lautes Ge-
lächter aus. Goldsäcke. Nun wollten wir es aber ganz
genau wissen. »Herr L., bitte buchstabieren Sie uns
›Säcke‹ doch einmal.«

»Gern, kein Problem, S Ä G G E.«

»Aha, vielen Dank.«

Da unter den Säggen, für das menschliche Auge
fast unsichtbar (nur Herr L. konnte sie sehen), hing
eine kleine Schnecke, die den gemeinen und für die
Pflanze letztlich zum Tode führenden Vogelwurm
übertrug. Herr L. erläuterte uns in schillernden Far-
ben und voller Inbrunst, wie sich die Krankheit über-
trägt und wie es dazu kommt.

Nach und nach erreichten auch wir die kleine
Wiese, auf der sich die Vorausgegangenen bereits
niedergelassen hatten. Hier machte auch der Rest der
Truppe eine Pause. Einige legten sich auf die Grün-
fläche, um das neu Gelernte zu verarbeiten, andere
waren so wissbegierig, dass sie selbst jetzt noch nicht
von Herrn L. lassen konnten. Sie folgten mit leuchtenden Augen, die wie Magnete an seinen Lippen
hafteten, seinen weiteren Ausführungen.

Nachdem wir alle gestärkt und ausgeruht waren,
nahmen wir die nächste Etappe in Angriff. In einem

nahegelegenen Dorf gab es einen Fischer, der den eigenen Fischfang vor Ort gleich weiterverarbeitete. Seine Aalräucherei wollten wir uns gern ansehen und natürlich auch die Köstlichkeiten probieren, die er in seinem Restaurant anbot. Als durchtrainierte Wanderer hätten wir zu Fuß gehen können, aber die Zeit lief uns davon. Da wir im Moor jeden Grashalm in Augenschein genommen hatten, mussten wir uns jetzt sputen.

So beschlossen wir, die Strecke bis zum nächstgelegenen Parkplatz mit dem Wagen zu fahren und dann noch einen kleinen Gang zu machen. Da wir nicht jeder einzeln fahren wollten, bildeten sich kleine Fahrgemeinschaften. Herr L. bot sich als Fahrer an und meinte, er könne vier Personen mitnehmen.

Die Plätze bei Herrn L. waren schnell besetzt. Heike, Sophie, Gunda und ich hatten das Glück, bei ihm mitfahren zu dürfen. Sophie setzte sich direkt neben Herrn L. in die Schaltzentrale, wir anderen kauerten eng gedrängt auf der Rückbank.

Es war heiß und stickig im Wagen, wir öffneten ein Fenster und das Geräusch des donnernden Fahrtwindes blies in mein Ohr. Sophie fragte Herrn L. unermüdlich nach weiteren Sehenswürdigkeiten. Sie berichtete, dass sie selbst auch oft mit ihrem Mann und Hund in dieser Gegend verweile.

Herr L. seinerseits wies uns immer wieder darauf hin, rechts und links aus dem Fenster zu schauen, damit wir auch alles, was die Gegend bot, aufnahmen.

Unterdessen erzählte Gunda Heike, dass sie im

Moment in einer WG mit Carla lebe, da ihre neue Wohnung noch nicht fertig sei.

Ich versuchte, dem Stimmengewirr zu folgen, es gelang mir jedoch nicht, da ich von den Nebengeräuschen des Fahrtwindes abgelenkt war.

Plötzlich kam die Karawane wieder zum Stehen. »Oh, sind wir schon da?«, entfuhr es mir.

Nein, noch nicht ganz. Herr L. führte uns zu einer neuen Sehenswürdigkeit: die Teufelsschlucht. Als wir davor standen und nach unten schauten, sah ich nichts außer einer grünen Wiese mit einem großen Graben. Auch hier gab es allerhand Wildwuchs zu bestaunen. Wir sollten durch einen Stacheldrahtzaun greifen, mit der Hand über einen kleinen Wuckel Grün streichen, daran riechen und Herrn L. sagen, um was es sich handelte.

Ute ließ sich das nicht zweimal sagen. Sie griff beherzt durch den Zaun und alles schrie auf. Der Stacheldraht war durch eine Starkstromoberleitung abgesichert, so war Vorsicht geboten, wie uns Herr L. zuvor erklärt hatte. Gott sei Dank war nichts passiert.

Aber was haben wir nun gerochen? Zitrone, ergo handelte es sich hier um Zitronenmelisse. Alle waren stolz, endlich etwas erkannt zu haben. Doch Herr L. musste uns enttäuschen. Nein, es war Lavendel (oder etwas anderes, die Auflösung bekam ich nicht genau mit).

Dann gab Herr L. noch eine Anekdote zum Besten: Es war vor Jahrzehnten, als mittags um zwölf Uhr in die Mühle am oberen Hügel der Blitz einschlug und das Gebäude dem Flammeninferno zum Opfer fiel.

Nur wenige Stunden später schlug genau am anderen Ende des Dorfes wieder der Blitz ein und auch dort wurde ein Gebäude vom Flammenmeer dahingerafft. Da sich die Menschen auf beiden Seiten jeweils im damaligen Sperrgebiet der Deutschen Demokratischen Republik befanden, konnte niemand dem anderen zum Löschen zu Hilfe eilen. Die Gebäude wurden auch nicht wiederaufgebaut. Aha, dachte ich, deshalb wohl Teufelsschlucht!?

Geschlossen wanderten wir zu den Autos zurück und stiegen ein. Jetzt aber wirklich zum Fischer! Wir fuhren den nächstgelegenen Parkplatz an und gingen die letzten Meter zu Fuß. Herr L. führte uns durch hohes Gras, vorbei an Disteln und Ebereschen, einen kleinen Abhang hinunter und wies dann auf eine knochige, über dreihundert Jahre alte Eiche. Der Baum war imposant, hart verwachsen und hieß »Küpper-Eiche«. Der Name rührte daher, weil der Dichter August Küpper schon vor hundert Jahren im Schatten dieses Baumes saß und Gedichte geschrieben hat.

Danach ging es aber wirklich zum ersehnten Rastplatz, das heißt zur Aalräucherei. Schnell stellten wir ein paar Tische zusammen und richteten uns häuslich ein. Es wurde Kaffee und Kuchen bestellt und natürlich auch etwas von dem köstlichen, selbst geräucherten Fisch verzehrt. Herr L. begab sich auf Wanderschaft zum angrenzenden Teich und brachte mit leuchtenden Augen wieder Anschauungsmaterial zu uns. Diesmal die Teichpest!

Es war nun mittlerweile später Nachmittag. Ich

muss gestehen, dass meine grauen Gehirnzellen überanstrengt und nicht mehr aufnahmebereit waren. Mich zog es nach Hause. Das ging nicht nur mir so, noch andere hatten das Bedürfnis, den Tag langsam ausklingen zu lassen.

Als wir aufbrechen wollten, stellten wir fest, dass einige Wanderer fehlten. Vier hatten sich aufgemacht und wollten doch noch etwas spazieren gehen. Da wir nicht wussten, ob und wenn ja, wann wir mit ihrer Rückkehr rechnen konnten, beschlossen wir, ohne sie den Heimweg anzutreten.

Also gingen wir zurück zum Parkplatz, verteilten uns auf unsere Fahrzeuge und verabschiedeten uns von einigen, die jetzt direkt nach Hause fuhren.

Da eilte Herr L. auf uns zu: »Wenn Sie noch einmal auf diesem Parkplatz sind und aus dem hohen Gras Geläut hören, dann handelt es sich um den Ruf der Rotbauchunke, deren Gequake hört sich an wie Glockengeläut.«

»Ja, wir werden darauf achten.«

Zurück am Pahlhuus, sollten wir uns noch ins Gästebuch eintragen. Dies wollte ich auch gerne tun und folgte der Gruppe ins Gebäude. Beim Umherschleichen fiel mir ein großer Kasten auf, auf dem etwas Ähnliches wie ein Fernglas stand. Neugierig trat ich näher, um zu betrachten, um was es sich handelte. In den Kasten konnte man hineinschauen und der Seitenhebel ließ sich bewegen. Jetzt verstand ich: Es war ein Diaprojektor. Alles, was wir heute gesehen hatten, war hier noch einmal im Bild und mit Beschreibung verewigt.

Schnell nahm ich die Finger von diesem Gerät und stellte mich zu den anderen. Ich erzählte nicht, was ich gerade entdeckt hatte. Stattdessen trug ich artig meinen Namen ins Gästebuch ein und verabschiedete mich fröhlich winkend von meiner Wandergruppe.

Im Weggehen hörte ich eine Wanderin zu Herrn L. sagen: »Wenn Sie einmal wieder einen kleinen Leckerbissen bereithaben, rufen Sie uns an, wir kommen gerne wieder!«

Daraufhin antwortete Herr L.: »Ja, wir haben da noch das Gewürzmuseum.«

Polizeikontrolle

Meine Freundin ist Krankenschwester, was ein durchaus verbreiteter Beruf ist. Doch eines fällt bei ihr besonders ins Gewicht: Sie besitzt keinen Führerschein! Daher nutzt sie zu neunzig Prozent die öffentlichen Verkehrsmittel. Und da diese zu zehn Prozent ausfallen, bin ich als Fahrerin oft gefragt.

Je nachdem, ob sie Früh-, Spät-, Mittel- oder Nachtschicht hat, benötigt sie zuweilen morgens, mittags oder abends meine mobilen Fahrdienste. Für mich heißt es also, jederzeit bereit zu sein!

Eines Nachts war es wieder einmal so weit. Mein Telefon schellte und riss mich unsanft aus dem Bett. Meine Freundin erklärte mir, die Bahn sei ausgefallen und es gäbe auch keinen Schienenersatzverkehr. Kurzum, sie saß in der Pampa fest. Es war Winter und die Temperaturen lagen bereits unter null.

Nun, was blieb mir anderes übrig? Ich musste los.

Der Tatsache, dass ich bereits im Bett war, ist zu entnehmen, dass ich mein Nachtgewand trug. Da ich mich nicht umkleiden wollte – es stand ja nur eine kurze Autofahrt bevor –, zog ich über den rosa Schlafanzug (mit weißen Punkten) meinen sieben Achtel langen orangenen Wintermantel. Über die nackten Füße streifte ich meine Sandalen, da dies die erstbesten Schuhe waren, die im Weg standen. Im Auto würde ich sowieso die Heizung anmachen, da sollte es kein Problem sein, dass ich keine Socken anhatte. Trotz eisiger Temperaturen nahm ich weder Handschuhe noch Mütze mit.

Rasch sprang ich in den Wagen und fuhr los. Meine Freundin stand sicher schon am Bahnsteig und wartete. Die zwanzig Kilometer sollte ich in fünfzehn bis zwanzig Minuten schaffen. Bei dem Wetter und um die Zeit würde sicher nicht viel Verkehr sein.

So war es denn auch. Die Straße war frei, juhu!

Kurz bevor ich auf die Zielstraße bog, sah ich das Unheil nahen. Oh Schreck, eine Polizeikontrolle! Da momentan außer mir kein weiterer Verkehrsteilnehmer in Sicht war, lag es in der Natur der Sache, dass ich rausgewunken wurde.

Ich fuhr seit über zwanzig Jahren Auto. Bis auf einen unverschuldeten Auffahrunfall und ein paar Geschwindigkeitsüberschreitungen hatte ich mir nichts zuschulden kommen lassen. Und vor allem – dies fiel mir jetzt wie Schuppen von den Augen – hatte ich immer meine Fahrzeugpapiere dabei! Ausgerechnet heute hatte ich sie in der Eile vergessen.

Auch war ich in all den Jahren noch nie in eine Polizeikontrolle geraten! Was sollte ich jetzt machen, wie sollte ich mich verhalten?

Zunächst fuhr ich, wie mir per rotem Leuchtstab angezeigt wurde, rechts ran. Mit lautem Herzklopfen riss ich die Fahrertür auf. Sogleich wies mich eine tiefe Männerstimme an, im Wagen zu bleiben. Wie mir befohlen, schloss ich die Tür wieder und schaute wie ein verängstigtes Rehkitz aus dem Fenster.

Nun trat eine Person aus der Dunkelheit neben mein Fahrzeug, leuchtete mit einer Taschenlampe in den Innenraum und deutete mit der Hand eine kreisende Bewegung an. Ich stutzte. War hiermit die Kontrolle beendet? Durfte ich weiterfahren? Oh nein, ich verstand, ich sollte die Scheibe herunterdrehen.

»Sind Sie der Fahrzeughalter?«, fragte der Verkehrspolizist.

»Ja, Herr Wachtmeister, es ist so«, antwortete ich wahrheitsgemäß.

»Dann zeigen Sie mir Ihre Fahrzeugpapiere.«

»Nun, das würde ich gerne, Herr Wachtmeister, aber es ist nämlich so!«

»Heißt das, Sie haben keine Papiere dabei?«, tippte er sofort richtig.

»Ja, äh ... nein, dies will ich Ihnen ja gerade ...«

»Sie sind aber der Fahrzeughalter?«

»Ja, hatte ich bereits bei Ihrer ersten Frage beantwortet.«

»Welche Autonummer?«

Tja, das war eine gute Frage! Fast so gut wie die Frage nach der eigenen Handynummer, die weiß ja auch kein Mensch.

»Sie wollen also wissen, welche Autonummer dieses Fahrzeug hat«, begann ich, in der Hoffnung, mir würde schnell eine Lösung für diese knifflige Situation einfallen. »Nun, die Nummer lautet ...«, druckste ich herum. »Also sie ist genau genommen das Kennzeichen von diesem Wagen, in dem ich hier sitze«, ich holte Luft, »und da es mein Wagen ist, weiß ich es auch ganz genau, also ...«

Ich sah ein, dass es keinen Zweck hatte, weiter um den heißen Brei herumzureden. »Nee, Herr Wachtmeister«, gab ich schließlich zu, »es tut mir leid, ich kann es Ihnen gerade im Moment nicht sagen.«

Ohne mich weiter zu beachten, rief der freundliche Beamte seinem in der Dunkelheit stehenden Kollegen zu: »Horst, mach doch mal eben eine Halterabfrage.«

Danach wandte er sich erneut mir zu und sagte: »Dann brauche ich Ihren Personalausweis!«

»Tja, Herr Wachtmeister, ich wollte es Ihnen bereits mehrfach erläutern. Ich habe gar keine Papiere dabei!«

»Keine Papiere?«, wiederholte er.

»Nein!«

»Dann steigen Sie jetzt bitte aus!«

»Muss das wirklich sein?«

»Aussteigen!«

O.k. Ich tat, wie mir befohlen.

Da stand ich nun, mit meinem gepunkteten Schlafanzug, der orangenen Jacke und den Sandalen an den nackten Füßen in der klirrenden Kälte.

»Nun zu Ihren Personalien! Name, derzeitige Wohnanschrift und Geburtsdatum!«

Ich gab alles zu Protokoll und der Wachtmeister ging mit meinen Angaben zu seinem Kollegen Horst. Beide murmelten sich etwas zu, was ich aufgrund der Entfernung nicht verstehen konnte. Dann kam der Verkehrspolizist zurück.

»Melden Sie sich bitte innerhalb der nächsten zwei Wochen bei Ihrer Polizeidienststelle und legen Sie dort Ihre gültigen Ausweis- und Fahrzeugpapiere einschließlich Fahrerlaubnis vor!«

»Selbstverständlich!«, antwortete ich und drehte mich um, damit ich schnell in meinen Wagen steigen und verschwinden konnte.

»Einen Moment noch«, raunte mir der Schutzmann in den Nacken. »Wie spät ist es?«, fragte er ernsthaft.

Ich drehte mich um und sagte: »Warum wollen Sie das jetzt wissen?« Insgeheim schwante mir, dass es eine Fangfrage sein könnte. Eventuell hielt er mich für verrückt und würde mich bei der falschen Antwort direkt in die geschlossene Anstalt einliefern lassen!

»Ganz ehrlich?«, fragte er mich, um mir die Antwort sogleich zu geben: »Ich habe meine Uhr vergessen!«

Ich war erleichtert. Die Uhrzeit konnte ich mir im Geiste zusammenreimen, nannte sie ihm und fuhr, so schnell es erlaubt war, davon.

Meine Freundin wartete durchgefroren am Bahnsteig auf mich und wollte gerade losschimpfen, als ich ihr ins Wort fiel und rief: »Du glaubst nicht, was mir gerade passiert ist!«

Joggen mit Hund

Ich laufe schon seit der Zeit, als Joggen noch »Dauerlauf« hieß! Damals allerdings noch ohne Hund.

Nun kann ich mir denken, was jedem gleich durch den Kopf schießt, wenn er dies liest: Joggen mit Hund! »Ein Jogger allein reicht ja schon. Schrecklich, wenn er so schwitzend und schnaufend an einem vorbeiläuft und der Meinung ist, es sei ein angenehmer Anblick, wie er sich durchs Unterholz quält. Sein körperliches Erscheinungsbild lässt sofort auf eine jahrzehntelange falsche Ernährung schließen. Meint dieser Mensch ernsthaft, er könne nun durch ein paar Wochen Training alles wieder ins Lot bringen?«

Ja, in der Tat, das meint er. Ich weiß es genau, denn zu dieser Gruppe gehöre ich auch. Allerdings versuche ich seit Jahren, die kulinarischen Fehltritte durch regelmäßige Laufeinheiten zu korrigieren. Leider ist es mir bisher nicht gelungen.

Einige meiner joggenden Artgenossen betrachte ich allerdings ebenso skeptisch. Dass der Wald-Parcours mittlerweile ein Laufsteg der Eitelkeiten geworden ist, auch für den gemeinen Läufer, ist hinreichend bekannt. So zwängen Mann und Frau sich gerne in den hautengen, ich möchte beinahe sagen maßgeschneiderten, Jogginganzug mit Signalfarben, wie sie nicht einmal in der Natur zu finden sind. Natürlich ist der Fuß mit einem ultimativen, luftdurchlässigen, abfedernden und trotzdem gut aussehenden Sport-

schuh geschmückt, der hervorragend zum Abend-
kleid passen würde.

Um den Kopf trägt der zeitgemäße Jogger kein
Schweißband, denn dort befindet sich heute das
Mobiltelefon, mit Paketbank festgeklebt. In der einen
Hand hält er den i-Pod, in der anderen den Filofax. So
kommt es beim Laufen zu keinerlei Zeitverlust und
nebenbei können Termine koordiniert und Telefo-
nate erledigt werden. Sollte dazwischen etwas Leer-
lauf sein, wird der um den Oberarm gebundene MP3-
Player eingeschaltet, um die neusten Börsenkurse ab-
zuhören. Das nennt man heute Multitasking-Jogging.

Ich dagegen bin mit Hund unterwegs, genauer gesagt mit meiner Nelly. Nicht nur diese Tatsache macht
mich zum Enfant terrible im heimischen Wald. Auch
mein Outfit unterscheidet sich grundlegend von dem
meiner Mitstreiter. Dank meines vierbeinigen Beglei-
ters geht es mir dabei oft wie einer Mutter, die mit
ihrem Kleinkind unterwegs ist. Ich muss immer damit rechnen, dass mir der kleine Racker mit seinen
putzigen Pfoten, die er eben noch im Modderloch
hatte, an der Hose hochspringt. Sogleich sehe ich
natürlich aus, als hätte ich selbst darin gebadet. Ver-
zweifelte Versuche, die Spuren zu beseitigen, führen
nur dazu, dass sich der Schmutz über der gesamten
Bekleidung samt Hände verteilt.

Wenn mir dann ein stöhnendes »Ach, das darf doch
alles nicht wahr sein!« entfährt und ich mir voller
Entsetzen über dieses Malheur nun auch noch die
Hände vors Gesicht schlage, ist der Gesamteindruck
äußerst befremdlich. Natürlich passiert mir das im-

mer gleich am Anfang meiner Tour, nicht etwa, wenn ich direkt vor dem Ziel bin! Nein, die erste Pfütze gehört meinem Hund und deren Inhalt nur wenige Sekunden später mir.

So laufe ich wie ein Schmuddelkind durch den Wald. Wenn mir ein Mitstreiter begegnet, weise ich durch lautes Schimpfen darauf hin, wem ich mein Aussehen zu verdanken habe. Das hört sich dann so an: »Nelly! Musst du denn immer in jedes Wasserloch springen und mich beschmutzen? Wie oft habe ich dir das nun schon gesagt!?« Ob meinen Mitstreiter dies interessiert, ob er es gar zur Kenntnis nimmt oder nicht, ist in diesem Augenblick nicht relevant, es geht allein um mein Selbstwertgefühl.

Solange der Hund nur an mir hochspringt, ist es nicht ganz so dramatisch, ich bin ja die Mutter. Kommt uns aber ein Spaziergänger entgegen, dessen weiße Hose schon von Weitem in der Sonne strahlt, dann kann es schon zu Szenen kommen, die den Hosenträger an den Rand eines Herzinfarkts treiben!

Kurz bevor sich unsere Wege kreuzen, höre ich ihn schon gurren: »Das ist ja ein putziges kleines Ding. Und so große Augen, nein, ist der niedlich! Wird der noch größer? Ja, komm doch mal her, Buzzi, Buzzi!!«

»Bitte nicht ansprechen, wir sind noch in der Ausbildung«, flehe ich ihn an. »Lassen Sie den Hund, seine Pfötchen sind schmutzig und ich möchte nicht, dass er an Ihnen hochspringt!« Doch mein Flehen verhallt zwischen den noch etwas kahlen Ästen und Zweigen.

Erneut gurrt aus dem Mund des weißen Hosenträgers: »Du bist ja ein ganz Feiner!«

Und da ist es auch schon passiert. Die Stimmung des Hosenträgers wandelt sich schlagartig. Er ist nicht mehr begeistert von dem eben noch so lieblich zu sich zitierten und für »Buzzi, Buzzi« befundenen Hündchen.

»Können Sie denn nicht aufpassen!?«, werde ich sogleich angeschrien. »Nehmen Sie den Köter zurück! Meine weiße gestärkte und gebügelte Hose!«

Was soll ich nun darauf erwidern? Ein freundliches »Sie sind doch selber schuld!« verkneife ich mir, obwohl sich diese Worte mit aller Macht in meinem Mund sammeln und ich sie nur mit Mühe zurückhalten kann! Schleppend und nicht wirklich ernst gemeint flüstere ich meistens: »Es tut mir leid, entschuldigen Sie bitte, selbstverständlich übernehme ich die Reinigungskosten!« Während ich das vor mich hin stammle, wird der Großteil meiner Antwort vom Wind davongetragen, denn mein Hund und ich ziehen es vor, in diesen Situationen rasch das Weite zu suchen!

Besonders spannend wird es, wenn ich einen Läufer treffe, der seinen Hund an einer Flexi-Ausziehleine mit sich führt. Die Leine ist aus durchsichtigem Nylon und daher kaum zu erkennen.

Kommt uns so ein flexi-angeleinter Hund fröhlich trottend entgegen, freut sich meine Nelly und springt sofort auf ihn zu! Ich sehe, wie der Hundebesitzer eifrig mit den Armen rudert, und nehme an, dass er seine morgendlichen Tai-Chi-Übungen macht.

Noch bevor ich das Zurren um meine Beine einordnen kann, liege ich auch schon auf dem staubigen Waldweg.

Sogleich springt mein kleines Mops-Mädchen auf mir herum und leckt mir an den Ohren. Der andere Hund ist weniger an mir als an meiner Nelly interessiert, und so läuft er im Zickzack hinter ihr her.

Da liege ich nun also, gefesselt und verzurrt in einer fremden Flexi-Leine, mein Knie schmerzt und Staub dringt in meine Atemwege. Langsam versuche ich mich zu erheben, da steht plötzlich dieser fremde Mensch vor mir. Wieder fuchtelt er wild mit den Armen, diesmal aber versucht er, mich aus dieser misslichen Lage zu befreien.

Nachdem er mich mehrmals umkreist hat, meine Arme und Beine mehrfach hoch- und wieder heruntergelegt hat, gelingt es ihm schließlich auch. Mit schmerzenden Knochen erhebe ich mich und spüre, wie langsam warmes Blut an meiner Wade herunterläuft. Ich klopfe mir den Staub aus den Kleidern. Mein Gegenüber beteuert mir sein Bedauern.

»Ach, ist ja nichts passiert«, gebe ich mich robust und ich laufe direkt weiter.

Es fällt mir zunehmend schwer, mich nun noch aufrecht fortzubewegen. Von Weitem sehe ich am Wegesrand eine illustre Radfahrergruppe stehen. Es handelt sich um fünf, sechs Damen im fortgeschrittenen Alter aus der Fraktion Olympia Dukakis und Shirley MacLaine. Offensichtlich ist es nicht die erste Pause, die sie heute einlegen, denn ihre Nasenspitzen leuchten schon von Weitem rot in der Sonne. Eine von ihnen hält eine Flasche Eierlikör in der Hand und schenkt schwungvoll den anderen ein. Alle haben eigens dafür vorgesehene und nach Benutzung auch zum Verzehr geeignete Waffelbecher dabei.

Noch einmal nehme ich all meine Kraft zusammen, um den Anschein zu erwecken, leicht und aufrecht zu laufen. In dem Moment, da ich die Gruppe erreiche, dreht sich die Dame mit der Flasche in der Hand zu mir und sagt: »Schätzchen, quäl dich doch hier nicht so herum, das bringt doch eh nichts!« Lautes Gelächter bricht aus.

Ich grinse allen ebenfalls zu, laufe jedoch ohne Antwort weiter. Als ich mich noch einmal umdrehe, hat sich die Karawane schon wieder in Bewegung gesetzt. Mit lautem Geschnatter, nicht mehr gerade fahrend, zieht die lustige Gruppe weiter.

Ja, denke ich, sie hat recht – laufen ist vielleicht nicht das Richtige für uns. Ich werde es mit Radfahren versuchen!

Italienisches Eis

Wenn wir ehrlich sind, dann gehen wir doch nur italienisches Eis essen, weil wir die gut aussehenden Kellner so klasse finden. Mit lockeren Hüften tänzeln sie durch den Raum und haben für jeden ein nettes Wort, ein kleines Lächeln und ein geübtes Augenzwinkern übrig. Es ist ihre Leichtigkeit, die uns magisch anzieht.

»Ciao, vuoi un delizioso gelato?«, begrüßen sie uns, sobald wir die Eisdiele betreten, und sofort fühlen wir uns wie kleine Prinzessinnen.

Vor diesem Hintergrund zog es auch meine einundachtzigjährige Mutter und mich zum »Italiener«. Die kleine Eisdiele war gut besucht und es war ein ständiges Kommen und Gehen. Wir fanden an einem Zweiertisch mitten im Raum noch Platz.

Am Nebentisch saßen drei junge Damen. Sie sahen so jung aus, dass man hätte denken können, sie besuchen noch die Grundschule. Bei näherer Betrachtung ordnete ich sie jedoch in die Mittelstufe ein. Wie kleine Backfische steckten sie ihre Köpfe zusammen und gackerten vor sich hin. Es war schon putzig anzusehen.

»Ciao, vuoi un delizioso gelato?«, trällerte der gut aussehende Kellner mit einem breiten Grinsen und trat an unseren Tisch. Er reichte erst meiner Mutter die Karte und hielt auch mir eine hin. In diesem Moment fiel sein Blick auf die Mädchenbande am Nebentisch. Dieses Wispern und Kichern zog ihn sogleich in den Bann. Er konnte seine Blicke gar nicht von der Clique lösen und stand völlig abwesend, mit gedrehtem Kopf, neben mir. Die Eiskarte hielt er noch immer krampfhaft fest. Sosehr ich mich auch bemühte, es gelang mir nicht, sie aus seiner Hand zu nehmen. Heftig zog ich daran und beförderte damit den Venditore di Gelati wieder ins Diesseits zurück. Mit einem gequälten Lächeln schaute er uns an und nahm unsere Bestellung auf.

Während wir geduldig warteten, ging das Geschnatter am Nebentisch weiter. Der Kellner indes stand am Tresen und ließ die jungen Mädels nicht mehr aus den Augen. Er lächelte, zwinkerte und öffnete einen weiteren Knopf seines Oberhemdes, um uns einen besseren Blick auf seine behaarte Brust zu gewähren. Dies brachte die kleinen Hühner noch mehr zum Lachen. Dem Kellner schmeichelte es und er setzte seinen Alabasterkörper in Bewegung, tänzelte durch die Stuhlreihen und schaute hier und da nach dem Rechten. Spätestens jetzt verstanden alle Anwesenden sofort: In dieser Eisdiele konnte es nur einen Adonis geben.

Zwischenzeitlich bekamen wir dann auch unser kühlendes Eis. Wir hatten unser Vergnügen daran, beim Essen dieses Gebalze zu beobachten. Zugegeben, er sah auch gut aus in seiner schwarzen Hose und dem strahlend weißen Oberhemd. Seine Geldbörse steckte locker im Hosenbund am Rücken. Wollte jemand zahlen, so nahm er gekonnt mit der linken Hand das Portemonnaie aus der Hose, warf es in die Luft und ließ es sich dreimal um sich selbst drehen. Mit der rechten Hand fing er es wieder auf, um es noch im Fallen zu öffnen. Wie ein Fächer landete die Börse in seiner Hand. Gekonnt schnellte ein Geldschein in das für ihn vorgesehene Fach, während das passende Wechselgeld klimpernd auf dem Tisch landete. Es schien ihm sichtlich Spaß zu machen und die Mädchenbande am Nebentisch lachte.

Nachdem wir unser Eis verzehrt hatten, riefen wir ihn erneut zu uns, um die Rechnung anzufordern. Er trat wortlos an unseren Tisch, legte den Bon darauf und ließ seine Blicke wieder zum Mädchentisch wandern. Sichtlich abgelenkt stand der Jüngling seitlich neben meiner Mutter. Ihr wiederum war nicht entgangen, dass sich in seinem Hosenbund die Geldbörse befand. Aus einem Augenwinkel beobachtete ich, wie ihre Hand langsam in die Richtung des Portemonnaies wanderte. Ich zischte durch meine zusammengepressten Lippen: »Mama, lass das!« Aber sie hörte nicht, lachte mich an und ließ ihre Hand weiter nach oben gleiten. Aus der Perspektive der Mädchen musste es so aussehen, als wolle meine alte Mutter dem Jüngling neben ihr an den Allerwertesten fassen. Dies führte zu noch mehr Gelächter am Nebentisch. Der Kellner bekam von alledem nichts mit. Gedankenversunken lächelte er die Damen an und wähnte sich wohl schon am Ziel seiner Träume.

Aus diesen wurde er jäh gerissen, als er merkte, dass sich etwas an seiner Hose tat. Ruckartig stieß er den Arm meiner Mutter zur Seite und schaute sie böse an. Ich versuchte noch, die Situation zu erklären, doch er hörte nicht zu, nahm das Geld vom Tisch, schloss seinen Hemdknopf wieder und verschwand mit rotem Kopf hinter seinem schützenden Eistresen.

Meine Mutter und ich verließen indes die Lokalität.

Wir hörten noch vor der Tür das Gelächter der Mädchen! Meine Mutter nahm mich bei der Hand und schaute mir eindringlich in die Augen. Wie ein kleines Kind, das im nächsten Moment sagen wollte: »Bitte nicht schimpfen!«

Warum sollte ich auch, hatte ich doch genauso viel Spaß gehabt wie unsere Tischnachbarinnen. Und meine Mutter hatte die nötige Gelassenheit einer alten Dame, die sich einen Spaß erlaubt hatte.

Mopsgeschichten

Es ist meines Erachtens fast alles über den Mops gesagt und geschrieben worden. Aber eben nur fast. In Wahrheit kann man über diese kleinen Wundertüten nie genug gesammeltes Wissen besitzen!

Widmen wir uns zunächst ihrem äußeren Erscheinungsbild.

Von hinten betrachtet traben sie daher wie die Pferde aus der Wiener Hofreitschule. Galant werfen sie die zarten Hinterbeine, welche so gar nicht zu den anderen Körperproportionen passen wollen, verschränkt hintereinander. Von vorne betrachtet sehen sie aus wie Sumoringer, mit geschwollener Brust, die Vorderläufe weit auseinander. Ihre ohnehin schon großen Augen ragen weit aus dem kleinen, zerknautschten Gesicht hervor und die Mundwinkel hängen herunter.

Dann stehen sie da, die kleinen Dinger, ziehen ihre Stirn noch krauser, als sie ohnehin schon ist, und ich erahne, was sie denken.

»Fressen, gibt es etwas zu fressen?«

Denn eins muss man über den Mops wissen: Er ist immer auf der Suche nach Nahrungsmitteln. Diese Hauptbeschäftigung wirkt sich zwangsläufig auf seine Körperhaltung aus.

Sehe ich andere Hunde mit ihren menschlichen Gefährten spazieren gehen, staune ich nicht schlecht: Ihr Kopf sitzt aufrecht auf dem Körper, sie tragen einen Ball oder eine Zeitung und sind bestenfalls damit beschäftigt, die Umgebung zu erkunden.

Der Mops hingegen schleift die ohnehin sehr platte Nase stets auf dem Boden. Es könnte irgendwo etwas zu fressen liegen. So scheut er keinen unwegsamen Pfad, kein Zaun ist zu hoch, kein Mauseloch zu eng. Er schiebt sich überall durch und zwängt sich in jedes kleine Verlies. Oftmals wird er auch fündig und kommt grunzend und schmatzend wie ein kleines Ferkel wieder hervorgekrochen.

Noch eines ist sehr bezeichnend für den Mops: Was seine eigene Größe und Statur betrifft, hat er eine Wahrnehmungsstörung. Er hält sich nämlich für den Größten.

Es macht ihm daher nichts aus, sich mit größeren Hunden oder gar Pferden anzulegen. Schnaufend und bellend greift er alles an, was seinen Weg kreuzt, und sei es auch nur eine Mülltonne. Er bellt dabei nicht erst, wenn der vermeintliche Feind in greifbarer Nähe ist, nein! Sobald ein unbekanntes Wesen in Hörweite ist, beginnt schon der Kampf. Für mich ist nicht immer sofort ersichtlich, um was bzw. wen es dabei geht – oder besser gesagt: ob es überhaupt um etwas geht. Manchmal glaube ich, es wird nur prophylaktisch das Terrain gesichert. Man weiß ja nie!

Ich für meinen Teil besitze gleich zwei dieser einfallsreichen Exemplare. Richtig spaßig wird es, wenn ich mich mit ihnen zu einem Spaziergang aufmache. Weil sie so putzig aussehen, so lustige Geräusche von sich geben und so quirlig auf den Beinen sind, erregen sie zwangsläufig recht schnell Aufsehen und werden erkannt. Meist aber verkannt.

»Das sind doch wohl kleine Bullterrier?«, höre ich oft.

»Nein, das sind Möpse!«, erwidere ich sofort. »Genetisch bedingt habe ich meine zwar immer dabei, aber diese hier unten auf vier Pfoten sind auch welche!«

Mein Kalauer wird nicht von jedem verstanden und so lache ich an dieser Stelle oftmals allein.

»Aber die sehen doch aus wie englische Bulldoggen!«, insistiert mein Gesprächspartner.

»Es gibt überhaupt keine Ähnlichkeit zwischen einer Bulldogge und einem Mops«, erläutere ich. »Die Bulldogge hat spitze Ohren, die nach oben stehen, und sie ist, wie der Name schon sagt, eine Bulldogge. Abgeleitet von dem englischen Wort ›bold‹, was so viel bedeutet wie ›furchtlos‹ oder ›mutig‹. Der Mops hingegen hat kleine Schlappohren, welche seitlich am Kopf herunterhängen. Das Wort ›Mops‹ kommt von ›moppelig‹, was so viel bedeutet wie ›kugelrund‹!«

»Komisch, ich dachte immer, es wären Bulldoggen?«

Froh darüber, diesen Irrtum aufgeklärt zu haben, gehe ich mit den Hunden weiter.

Oftmals werden wir jedoch gleich erkannt.

»Oh, schau mal, da kommt ein Mops!«, höre ich schon von Weitem. »Und noch einer! Die sind so niedlich. Darf ich sie mal streicheln!?«

»Ja, natürlich!«, antworte ich und schon greifen mehrere Hände nach meinen Hunden.

Parallel dazu erklingt es im Kanon: »Ein Mops kam in die Küche ...«

Am schönsten ist es, wenn wir Ehepaare treffen. Das geht dann ungefähr so:

»Schatz, sieh mal, da kommen Möpse!«

»Tatsächlich! Wie ging das noch mal: Im Leben ist ein Mops ...«

»Was redest du denn da?«

»Na, da gibt es doch diesen Satz von dem einen Komiker, wie hieß er noch gleich?«

»Ach ja, ich weiß, was du meinst. Das ging so: Wenn der Mensch ein Mops wäre ...«

»Das war ein VON, der hieß von ...«

»Nein, ein Mensch braucht einen Mops, um Mensch zu sein!«

»Mensch, wie hieß der denn gleich?«

»Loriot natürlich! Aber warte ...«

»Ach ja, VON Loriot!«

»Das ging: Es wäre in einem Mopsleben möglich, von einem Menschen ...«

»Wenn ich Sie unterbrechen darf«, falle ich dem Philosophenpaar ins Wort. »Richtig heißt es ...«

»Jetzt weiß ich!«, werde ich lauthals übertönt »Ein sinnloses Leben!«

An dieser Stelle verabschiede ich mich meistens. Während die Hunde und ich uns unbemerkt von dannen machen, hören wir die Stimmen des Paares leise hinter uns weiterrätseln.

Auf einmal hallt uns ein lauter Schrei hinterher. Wir bleiben erschreckt stehen, meine Hunde und ich, und schauen uns fragend an.

84

»Ein Leben ohne Frau ist denkbar und wahrscheinlich auch angenehmer!«, gellte die eine Hälfte des Paares der anderen entgegen.

Ich schaute zu den Möpsen hinunter und sagte: »Ein Leben ohne Mops ist denkbar, aber sinnlos!«

Danke, Herr VON Loriot!

Sophie

Unser Leben ist kein gerader Fluss. Wir haben nicht nur positive und lustige Erlebnisse. Darum erlaube ich mir einen kleinen Nachruf auf meine Freundin Sophie.

Sie war lange krank und hat sich in den letzten Monaten wirklich nur noch gequält. Mein Kopf weiß wohl, dass es für sie jetzt das Beste ist. Sie führte ein unabhängiges, selbstbestimmtes Leben. Wäre sie nicht gestorben, hätte sie in ein Pflegeheim gemusst. Dies wäre wohl das Schlimmste gewesen, was ihr hätte passieren können! Zum Glück ist es ihr erspart geblieben.

Vor diesem Hintergrund rede ich mir ein: Es ist gut so, wie es ist. Mein Herz trägt jedoch Trauer und ich bin von großem Schmerz erfüllt.

Leider durfte ich sie im Krankenhaus nicht mehr besuchen. Zum einen wegen der Covid-19-Pandemie und weil zum Schluss auch nur noch die engsten Familienangehörigen zu ihr durften. Eine Beerdigung gab es auch nur im engsten Kreis. So konnte ich keinen Abschied nehmen.

Sie ist jetzt nicht mehr da. Was mir natürlich erhalten bleibt, sind die vielen Erinnerungen aus den 30 Jahren, die wir miteinander hatten. Wir haben in langen Gesprächen immer und immer wieder unser kleines Leben im Allgemeinen und die großen Weltgeschehnisse im Ganzen, wie sie es so schön sagte, »von allen Seiten betrachtet«!

Wir haben gemeinsam gelacht, geweint, gestritten und uns am Ende doch immer wieder geliebt. Eine wunderbare, freundschaftliche Liebe, die mich nur mit wenigen Menschen verbindet.

In Gedanken sehe ich sie auf mich zukommen, wie ich sie einmal vom Bahnhof abholte. Ihr Arm ragte aus der Menschentraube, die mir entgegenkam, empor und sie winkte heftig! Ihr Anblick zauberte mir ein Lächeln ins Gesicht und meine Schritte wurden schneller. Wie ein Liebespaar, das es kaum erwarten kann, sich in die Arme zu schließen. Sie lief mir mit gespitzten Lippen entgegen, um mir dann rechts und links einen imaginären Kuss auf die Wange zu hauchen.

Dieses Ritual sollte sich nicht nur bei unseren Treffen wiederholen, nein, so verabschiedeten wir uns im Laufe der Zeit auch am Telefon oder in unseren Briefen. So fand sich am Ende immer: edKmgL (ein dicker Kuss mit geschürzten Lippen).

Trotz aller Trauer bin ich dankbar, diese wunderbare Frau in meinem Leben gehabt zu haben! Und einmal mehr wird mir die Endlichkeit meines Daseins klar.

Wir wissen es alle, der Tod kommt oftmals schneller, als wir es uns vorstellen und erahnen können. Wir sollten daher jeden Tag bewusst genießen und nichts auf die lange Bank schieben.

Liebe Leser, bleiben Sie gesund und lassen Sie sich von den Irrungen und Wirrungen, die im Moment herrschen und die das Leben immer wieder mit sich bringt, nicht die Lebensfreude nehmen.

Und dir, meine liebe Sophie, schicke ich ein letztes Mal EINEN DICKEN KUSS MIT GESCHÜRZTEN LIPPEN gen Himmel!